志乃と恋
Future

日日綴郎
原作：千種みのり

ファンタジア文庫

3471

口絵・本文イラスト　千種みのり

志乃と恋

Shino to Ren

Tsuzuro Hibi　Minori Chigusa

Future

著者　日日綴郎

イラスト・原作　千種みのり

プロローグ

「どんな風に撮影したのか、やってみせて」

恋《れん》にそうお願いしたのは、紛れもない私自身だった。

ベッドの上で前屈《まえかが》みになった恋の胸元は、ドレスのデザインのせいで他人には見せたくない柔らかな部分が露出しそうになっている。

え？　恋っていつも、こんな格好で撮影しているの？　カメラマンさんに見られちゃうんじゃ……？

私の動揺なんて知らないまま、恋は後ろ髪を両手でかき上げた。

白くて綺麗《きれい》な恋のうなじが、完全にあらわになる。

……ダメだよ。恋のことをいやらしい目で見ちゃう人が絶対いるよ。……私みたいに。

不安になる心とは裏腹に、私は恋から目を離せずにいた。

こんな可愛《かわい》くてかっこいい恋人が、普段はモデルとして大勢の人を魅了する〝ＲＥＮ〟

が、今は私だけの前でポージングをしている。

……なんて贅沢《ぜいたく》な時間なんだろう。少しの優越感と、それから……どんどん大きくなる下心を隠せない私をよそに、恋はさらに続ける。

ドレスの裾をたくし上げた恋は、太ももを露出させた。し、下着が見えちゃうよ？　そんなに際《きわ》どいところまで見せていいの？　……すごく、えっちな気がするけど。

こんな恋の姿をカメラマンさんとかマネージャーさんとか、撮影に関わるいろんな人が見ているの？

……いくら恋がプロのモデルでも……か、彼女の立場としては、心配になるのは当然だよね？

「……れ、レン？　実際の撮影でも、そういう格好ってするの？」

「そりゃあ、そういう指示が出ればやるさ。一応、プロだからな」

淡々とした返事を聞いて、心の中で何かの火が点《つ》いたことを自覚した。

形のいい恋の胸も、すべすべな太ももも、白いうなじも、私だけのものなのに。本当だったら、私だけに見せてほしいのに。

……でも、仕事なら仕方ないよね。もっとたくさんの人に恋の魅力を知ってもらって、〝REN〟にはどんどん人気になってほしいもん。

「そ、そうなんだ……」

だから、私が口出しするのはよくないよね。ちょっと胸の中がモヤモヤするけれど、恋の仕事を全力で応援しているのは嘘偽《うそ》りのないホントの気持ちだし、理解のない恋人にはなりたくないし。

最後まで邪魔はせずに、〝REN〟を見ることに集中しよう。こんな機会、もう二度とないかもしれないもん。

「んじゃ、続けるぞ」

——そう、思っていたのに。

ポージングを再開した恋から目が離せないまま私は、独占欲と性欲に飲み込まれそうになっていた。

形のいい胸の感度が、すごくいいこと。

うなじに唇を這《は》わせたときの声が、とても可愛いということ。

綺麗な太ももの触り心地のよさだって……私だけが、知っている。

せっかく恋がお仕事の様子を再現してくれているというのに、私の頭の中はどんどんエッチなことばかりを考えるようになってしまう。……恋が扇情的な顔で見つめてくるから、私の顔も、お腹《なか》の奥のほうも、どんどん熱くなってくる。

私は恋を、邪《よこしま》な目で見てしまっている。明らかに欲情しちゃってる。

恋は私の我儘《わがまま》を聞いてくれたわけだし、私がここで……我慢できなかったら、恋に失礼すぎるよねと、僅かに残った理性で必死に自分を律していた。

——だけど。

「レン」

ふたりきりの部屋で、大好きな彼女がベッドの上で肌を露出している状況で。

こんなの、平常心でいられるわけがなかった。

「……志乃《しの》」

恋が私を呼ぶ声すら、背筋に甘い電撃を走らせる。気がつけば私は、いつもより広いベッドの上に恋を押し倒していた。

恋はその大きな瞳で私を見つめて、ふっと笑った。

「……ドレス、皺《しわ》になるんだけど？」

「大丈夫。すぐに脱がすから」

「……はは、やる気満々かよ」

からかうように指摘されたけれど、実際その通りなのだから何も反論できない。……うん、反論する必要なんてない。

そんな時間があるなら私は、愛を囁《ささや》くことを優先する。

ピアスのついている、綺麗な形の恋の耳に触れる。それだけで恋の体が跳ねたことに、気持ちが昂《たかぶ》る。

「ねえ、レン」

赤くなっている耳に唇を近づけて、そっと囁く。

それは私だけが口にできる、恋への最大級の我儘であり。

そしてこれから私たちが一つになる行為へと至るための、合図でもある。

「ここから先は、私しか知らないレンを見せて」

第一話「じゃあ、私……我慢しなくてもいいんだよね？」

私には彼女がいる。

優しくて、かっこよくて、人気者。

私にはもったいないくらいの彼女とは、高校生の頃からお付き合いしている。

長く付き合っているからケンカをするときもあるけれど、世間一般でいう倦怠期《けんたいき》だとか、浮気《うわき》だとか、そういったものとは私たちは無縁だと思ってる。

昔、誰かが『恋愛感情は長くても三年くらいしか持続しない』という説を述べたらしいけれど、私は信じていない。

だって、今もずっと、私は彼女——白雪《しらゆき》恋に夢中だし、「好き」を更新し続けている。

このままもっと歳《とし》を重ねていってもずっと一緒にいたいと思っている。私の恋に対する気持ちは、強くなる一方だ。

本当だったらこの気持ちを毎日、顔を見ながら恋に伝えたい……そう、思っているのに。

そんな簡単そうな願いがなかなか叶《かな》わないのが社会人なのだということを、新卒一年目の私は早々に知ることになった。


今年の三月に大学の教育学部を卒業して、半年。

私は現在、数学教師として都内の高等学校に勤めている。

「志乃ちゃん先生ー！　さよーならーー！」

元気よく手を振ってくれる生徒に、手を振り返す。

「気をつけて帰ってね」

私は生徒たちから〝志乃ちゃん先生〟と呼ばれている。

先生としての威厳がちょっと足りないのかも……なんて複雑な気持ちを抱かなくもないけれど、親しみを込めて呼んでもらえているならうれしいなと思う。

廊下を歩いていると、さっきとはまた別の生徒から声をかけられた。

「志乃ちゃん先生、ウチらのクラスの担任やってよお〜。勉強もめっちゃやる気出るし、頑張れるし！」

「ありがとう。そう言ってくれるのはうれしいけれど、私なんかまだまだ担任が務まる器じゃないから……」

生徒はむうっと頬を膨らませてから、小さく溜息《ためいき》を吐《つ》いた。

「じゃあ、話だけでも聞いてくれる？　昨日部活でさー」

「いいよ。じゃあ、場所を変えよっか。数学準備室でいいかな？」

生徒たちとは歳が近いせいか、私は相談をされることが多い。

全然嫌じゃないし、頼ってもらえることにやりがいみたいなものを感じてはいるけれど、高校教師って私が想像していたよりもずっとやることが多いし、忙しい仕事だなあとつくづく思う。

とはいえ、生徒たちは可愛いし、同僚にも恵まれているほうだし、毎日が充実している。

だから今のところ、私はありがたいことに仕事に対しての不満はない……と、言い切ってしまいたいのだけど。

――じゃあ、次に会えるのは……二週間後、だな。

最後に会ったときに恋から言われた言葉を思い出して、しゅんとする。

基本土日休みの私と、休みが不規則の恋。

恋《れん》と休みが合わずに会える時間が減ってしまったのは、教師という仕事で唯一、不満に思っていることかもしれない。

生徒からの相談に乗っていたら、帰宅がすっかり遅くなってしまった。

後片付けを済ませて、まだお仕事をされている他の先生たちに挨拶をしてから、職員室を出た。

ほとんどの生徒たちが帰宅して日中よりも静かになった校舎の中を歩いていると、自分が高校生だった頃を思い出す。

高等学校という場所には、特別な思い入れがある。

高校一年生のときに出会って、恋人になった恋とは学校で、たくさんの思い出を積み重ねたから。

私が男の子に絡《から》まれているときに助けてくれた恋は、すごくかっこよかったなあ。

頭痛が酷《ひど》くて保健室で寝ていたときに、心配して様子を見に来てくれた恋の優しさがうれしかったな……そのあと、保健室のベッドで……しちゃったんだけど。

体育の授業とか、恋は運動神経がいいからいつも目立っていたし、気づけば目で追っちやって……あ。道具を片付けるときに、恋に体育倉庫で誘われたこともあったっけ……。

……って、職場で思い出すことじゃないコトも多いかも。

私は熱くなってしまった頬を隠すように押さえて、生徒や同僚の先生たちとすれ違いませんようにと祈りながら歩を速めた。

◇

通勤路にあるスーパーマーケットに寄って夕食の材料を買ってから家に帰るのが、日々のルーティンだ。今日も買い物を済ませてから帰宅した。

「ただいまー」

そう声に出してみても、「おかえり」が返ってくることはない。

静寂な部屋の電気を点《つ》けて、朝と何も変わらない光景に溜息を一つ零《こぼ》す。

社会人になってから私は、一人暮らしをはじめた。

自炊は頑張ってしているほうだと思うし、昼夜逆転生活にもなっていない。まともな生活はできていると自負している。

だけど、寂しさを感じることは少なからずある。

たとえばこんな風に「ただいま」を言って反応がないときとか、朝目覚めた後に「おはよう」を言う相手がいないときとか。

……そうは言っても、仕方がない。

気持ちを切り替えて、夕食はひき肉たっぷりのボロネーゼでも作ろう。一人暮らしは誰にも何も咎《とが》められることなく、好きなことができるっていうメリットもあるし！

手を洗って、部屋着に着替えて。

早速調理に取り掛かる前に、スマホをチェックする。

『仕事終わったよ。今から帰るね』

学校を出てすぐに恋に送ったメッセージに、まだ既読はついていない。

恋は今日も撮影だって言っていたし、忙しいのだろう。

高校生のときだったら、こんなに返信を待つことなんてめったになかったのに。社会人になったらこれが普通になるなんて知らなかった。

誰かに教えてほしかったと理不尽なふてくされ方をしたいくらい、今の私たちの環境は学生のときとは激変している。

さっき、気持ちを切り替えようって決意したばかりなのに。『既読』の文字がつかないだけで、私の心は簡単に崩れる。

合法的に恋を摂取したくなった私は、リビングに置いてあるマガジンラックから一冊の雑誌を取り出し……折り目のついたページを開いた。

誌面上では私の恋人が、不敵な笑顔で私を――ううん、このページを開いた不特定多数の人たちを見つめている。

……ほんと、私の恋人ってなんてかっこいいんだろう。

何年経《た》っても、何度見ても、惚《ほ》れ直してしまう。

恋は専門学校を卒業してから、ファッションモデル〝REN〟として活躍している。綺麗《きれい》な顔をしているし、オシャレだし、存在感もあるし、負けず嫌いだし。恋にとってモデルってすごく天職なんじゃないかって、私は思ってる。

いつでも恋のことを見られるように、雑誌は手の届く範囲に置くようにしている。こうやって会えない日が続いたり、寂しくて仕方のない夜に着飾った恋を見て、「レンも仕事を頑張ってるんだ」って言い聞かせて心の穴を埋めている。

紙の上から、恋の顔に触れる。体に触れる。当然だけど、紙のツルツルとした感触が私の指に伝わってくるだけだ。

……やっぱり、本物の恋に、触れたい。

もう一度溜息を吐いた。

高校生のときから身長が伸びた恋は、今は私よりも三センチくらい大きい。

だけど背が高くなったとはいえ、今も私が恋を抱いている。……こんなにかっこいいのに……ベッドの中だと、すごく可愛《かわい》いんだよね。

――って、ダメだ。あのときの恋の顔とか声を思い出したら、顔が熱くなってきてしまった。

我慢する時間が長いっていうのに。恋に会えない夜にこんなにドキドキしてしまっては、辛《つら》くなるのは明白だ。

「さ、さて！　ごはん作らなきゃ」

誰もいないのにあえて口に出したのは、煩悩《ぼんのう》を追い払って調理に集中するためだ。

エコバッグから買ってきた材料を取り出して、一つずつ丁寧に工程を進める。数学と一緒で、料理はレシピを守って順番通りに進めていけばちゃんと完成するところが好きだったりする。

それに、私の作った料理を恋がいつも美味《おい》しいって食べてくれるし。

……また恋を思い出してしまった。

恋はすでに私の生活の一部になっていて、ここにいなくとも会えない時間が長くても私の心に住み着いている。

このボロネーゼも本当は一緒に食べたかったな、と思っているとスマホが鳴った。

急いで確認すると、恋からメッセージが届いていた。

『おつかれ。俺はまだ撮影中。長引きそう』

恋はまだ仕事中みたいだ。モデルの仕事って不規則だし、話を聞いている限り本当に大変そうだと思う。

『おつかれさま。大変だね。がんばって！　応援してるから』

スタンプと一緒に送ったメッセージ。なんだかすごく他人事《ひとごと》みたいで、自分でもモヤモヤしてしまう。

心から恋のことを応援しているのに、メッセージのやり取りだけでは上手《うま》く伝えられている気がしない。

恋の顔を見て話したいな、と思う。

だけど、社会人になってからそれはすごく難しくなった。

私と恋の休日が被《かぶ》ることはほとんどない。理由がなくても毎日会えた高校生の頃って、実はものすごく贅沢《ぜいたく》だったのかも。

あの頃の自分たちを羨ましく感じてしまうけれど、過去に戻ることなんてできやしない。恋も頑張っているし、私は私でできることをやらないと。

なんなら、恋を養えるくらいに働こうと思ってる。恋に何かあったときに、私の存在が安心材料になってほしいもん。

恋は私の働くモチベーションにもなっている。家に持ち帰った仕事に早く取り掛かるために、調理のスピードを速めた。

それから味気なさを覚えながらひとりで黙々と食べて、片付けが終わったタイミングで恋から『仕事終わったー』とメッセージが入った。

たった一文で、私の心がパッと明るくなった。

恋は疲れているだろうな、やめておいたほうがいいのかな……と逡巡《しゅんじゅん》したけれど、声が聞きたかった私は、欲に負けた。

『今日、電話しても大丈夫……？　レンの時間に合わせるから』

おそるおそるメッセージで問いかける。

断られたらショックだけど仕方がない。ドキドキしながら返信を待っていると、スマホが震えた。メッセージじゃない。電話だ。

「も、もしもし⁉　レン⁉」

まさかすぐに恋のほうからかけてくれるとは思わなかったから、驚きとうれしさで声が裏返ってしまった。

そんな私を笑う声が、受話口の向こうから聞こえた。

『はっ、なんだよ。そんなに俺の声が聞きたかったのか？』

私をからかっているのに優しさの滲《にじ》む、恋の声。

今すぐ会いたいって気持ちが体の中を駆け巡って、溢《あふ》れて唇から零れ落ちそうになってしまう。

せっかく我慢しているのに。そんな風に言われたら……正直な気持ちをぶつけずにはいられなくなる。

「う、うん……だって、最近全然会えてないし……」

『そうだよな。俺も早く志乃《しの》に会いたい』

……逆に、電話でよかったのかもしれない。

今ここに恋《れん》がいたなら、私は赤い顔を見られて間違いなく煽《あお》られただろうし、絶対に恋のことを押し倒してしまう。

恋が仕事で疲れていることとか次の撮影のこととか考えずに、めちゃくちゃにしてしまう気がする。

脳裏に浮かんだ不埒《ふらち》な妄想を恋に悟られる前に、話題を変える。

「つ……次に会えるのって、土曜日だよね。仕事は大丈夫そう?」

『あー、今のところは。……楽しみだな?』

「うん! すっごく!」

『はは。俺も楽しみにしてる。……いろいろと』

……〝いろいろ〟の内容は、尋ねなくても察することができる。

恋がそういう意味で言ったのだと理解できるくらいには大人になっていた私は、速くなった心音を自覚しながらも、そこからは恋との会話に集中しようと心掛けた。

『じゃあ、おやすみ』

「おやすみ、レン」

名残惜しかったけれど、時間は有限だから。

数十分ほど話をしてから電話を切った後、「もっと話したかったな」という気持ちは当然湧いたものの、不思議なことに、今日一日の疲れだとか寂しさはどこかへ行ってしまっていた。

やっぱり、恋はすごい。

声だけで私にこんなに元気をくれるんだもん。

土曜日まで、あと三日。タイムスリップできたらいいのにと、叶《かな》うはずもない願いを抱きながら、お風呂《ふろ》に向かった。

◇

翌日。二年生の授業を終えて教室を出た私は、三人の女生徒に引き止められた。

「志乃ちゃん先生、質問がありまーす」

「はい、なんでしょう?」

わからなかったところをすぐに質問してくれるのはとてもいい傾向だ。そう思っていたのに、生徒たちは顔を見合わせてニヤリと笑った。

「志乃ちゃん先生、何かいいことでもあった？」

完全に予想外だった。授業とは全く関係のない質問に、わかりやすく動揺してしまう。

「ええっ⁉　ど、どうして？」

「だって、超ニヤニヤしてるし。今日はずっと機嫌良さそうだし」

その子の指摘に対して、他のふたりからも同調の声が上がる。

「確かにー。わかりやすいよね」

「志乃ちゃん先生ってそういうところも可愛いよねー」

生徒たちが盛り上がってしまい、廊下なのにワイワイと騒がしくなって収拾がつかなくなりそうだった。

「す、ストップ！　な、なんでもない、よ！　普通！　です！」

「そうなの？　……で？　恋人とデートの予定があるとか？」

……事実だけど、ど、どうしてわかったのだろう？

生徒たちからも見透かされているくらい、うれしさが顔に滲み出ていたってこと？　恥ずかしくて顔が熱くなったことを自覚する。

「こ、この話は終わり！　つ、次の授業がはじまるから、早く教室に戻ろ？　ね？」

話を無理やり断ち切って、生徒たちが教室に戻ったところを見届けてから、私は安堵《あんど》の息を吐いた。

——デートは今日じゃない。正しくは二日後だ。

それなのに今からこんなにワクワクしているなんて、自分でも気が早すぎると思う。

……だけど実際、楽しみすぎて仕方がない。

二十三歳の社会人だというのに、心はまるで高校生……ううん、小学生に戻ったかのように、私はその日を待ちわびている。

◇

土曜日、十四時。マンションのインターホンが鳴った。

部屋をピカピカに掃除して恋の来訪を今か今かと待っていた私は、モニターに映る恋の姿に胸がきゅっとなった。

「は、はあい」

『来た。開けて』

モニター越しですらこんなにドキドキするなんて。実際に恋と対峙《たいじ》したときに、私は理性を保てるのだろうか？

「い、今開けるね」

オートロックを解除すると、恋がエントランスに入ってくる。

深呼吸して、恋がエレベーターで上がってくるのを待つ。二回目のインターホンが鳴って……玄関の鍵を解錠すると、愛《いと》しい恋人が立っていた。

「よ。久しぶり」

――恋だ。本物の恋が、目の前にいる。

今すぐに抱き締めたい気持ちをぐっと堪《こら》えて、家の中に誘導する。

「い、いらっしゃいませ。ど、どうぞ」

「はは、相変わらずだな。店じゃないんだから」

高校生のとき、初めて恋が家に泊まりにきた日と同じやり取りをしていることに気づいて、私たちは笑った。

ただ……やり取りは同じなのに、今の私たちは少しだけ、大人になっている。

休みの日を確認して予定をすり合わせたり、親に許可を取る必要もなく家に人を呼んだり、お泊まり会をしたり。

……そう、今回のデートはここ最近だと珍しく、明日のお昼頃まで恋と一緒にいられる予定だ。私が浮かれないはずがない。

「は、入って……」

「お邪魔しまーす」

恋の後に続いて、リビングルームに向かう。恋はこの家にもう何回も来ているから、どこに何があるのかも全部知っている。

「あ、また雑誌が増えてる」

マガジンラックを見た恋に指摘される。

「だ、だってモデルやってるときの『REN』ってとってもかっこいいんだもん。それに、レンを使ってくれた雑誌の売上にも貢献したいし！」

「まあ、ありがたいけど……いつでも本物に会えるのに？」

そう言って恋は、私の頬に触れた。恋のファンからしてみたらものすごく羨ましがられそうなサービスを受けていて、罪悪感を覚えてしまいそう。

「い、いいの！　レンもRENも、私は大好きなの！」

「欲張りなやつだなー」

私をからかうように笑う恋から上着を受け取ってハンガーにかけていると、「これ」と言って何かを手渡された。

「手土産。菓子と、酒持ってきた」

「わっ……うれしい。ありがとね、レン」

お酒は詳しくないから赤ワインだということくらいしかわからないけれど、お菓子のほうはお値段は高めだけど美味《おい》しいと有名なクッキーだった。

「お酒は、夜ごはんのときに一緒に飲もっか。クッキーは今お皿に空けるから、ちょっと待ってね」

「おう。……夕食まで時間があるけど、今から何する？」

お皿を取り出そうとする私の手が一瞬、止まる。恋のほうを見ると、ソファーにもたれかかりながら私を見ていた。

胸が、高鳴る。……誘われているんだって思っちゃっても、いいのかな？

許されるならば今すぐに抱き締めて、キスをして、押し倒してしまいたい。

恋のきめ細かな肌に触れたいという衝動が、体の中を駆け上がっていく。

だけど触れてしまったら、私……一回で止められる自信がない。

ちらりと、時計を見る。

時刻はまだ十四時過ぎだ。今日は一日中、恋と一緒にいられる。

だったら……せっかく久々に会えたのだし、お家《うち》デートをしっかり満喫したほうがいい気がする。

「そ……そうだね……お菓子を食べながら映画でも観よっか。恋はコーヒーと紅茶、どっちがいい？」

高校生の頃なら誘惑に負けてすぐに押し倒していたかもしれないけれど、私はもう二十三歳だ。大人として、教師として普段は生徒たちに接しているわけだし、少しは余裕を持った振る舞いをしないとね。

大人って我慢のできる生き物……の、はずだし。

ニコッと笑って恋に提案すると、

「……紅茶、貰《もら》うわ」

恋は少しだけ不機嫌そうに、そう答えた。

お菓子と飲み物の準備をしてから、恋の隣に座った。ふたり分の体重に合わせてソファーが沈むだけでうれしくなる私は、単純な女だと思う。

「はい、どうぞ」

「サンキュ」

カップを渡すときに指が触れた。ソファーに腰掛ける私の左半身に、恋の右側がぴったりとくっついている。

ただ、それだけなのに。

恋《れん》の温《ぬく》もりを感じただけで、心音が速くなっていく。

恋と交際してもう何年も経《た》つというのに、彼女はいつだって私をこんなにもドキドキさせる。

慣れることがないのが不思議だ。きっとそれだけ恋が魅力的で、私が恋に夢中だからなのだろう。

「面白いって噂《うわさ》の映画を教えてもらってさー」

リモコンを操作する恋の横顔に見惚《みと》れる。

可愛《かわい》いな、と思う。かっこいいな、と思う。

……えっちな顔が見たいな、と、思う。

「……志乃《しの》、どうした？」

私が今どんな気持ちかわかっているような顔で、恋は笑う。

私は昔から恋のこういう、挑発的な表情に弱い。吸い寄せられるように恋に近づき……

気がつけばキスをしていた。

唇を離すと、温もりはすぐに消えてしまう。だったらずっと触れていたらいい、と何度もついばむようにキスをしているうちに、もっと深く恋に触れたい欲求が抑えられなくなってくる。

足りない。恋をもっと感じたい。舌で恋の唇を割って入ろうとすると、彼女はあまりにもすんなりと私の侵入を許した。表面よりもずっと温かい口内に招かれた私は、溶けそうな心地よさを目を瞑《つぶ》って堪能《たんのう》する。

甘くて、気持ちいい。いつまでもこうしていられそう。

時折、恋の唇から零《こぼ》れる声が私の耳朶《じだ》に届くたびに、欲望にまみれた私の体細胞が喜んで、何もかもを恋にぶつけてしまいたくなる。

「……志乃……」

いつもなら私の理性を容易《たやす》く飛ばす恋の声に、ハッとなった。

このまま抱いてしまいたいけれど、まだお昼だし……久々に会ってすぐにこんなにガッついてしまうなんてちょっと、大人なのにどうかと思われるかもしれない。

さっき自制したばかりなのに、豆腐みたいな意志じゃダメだよね。恋は昨日も遅くまで仕事だったし、まだ、我慢しなければ。

体を離した私を見て恋は驚いているような顔をしていたけれど、

「れ……レンのおすすめの映画って、どれ？　せ、生徒たちの間ではね、『キャラメルゾンビ』って映画が流行《はや》ってるみたいだよ。タイトルからは予想できないけど、恋愛ものなんだって」

　私の意図が伝わったのか、すっと体を引いた。

「……あー、『FAKE』ってやつ。志乃も好きだと思うんだよな」

　少し紅潮した頬はそのままに、恋は視線をテレビに戻した。こんなエッチな恋人が許してくれているというのに、我慢できた自分を褒めてあげたい。

「あ、それも生徒から面白いって聞いたことあるよ。どんな話なの？」

「主人公が生まれつき目が見えなくて……そういえば志乃ってさー、生徒と結構仲良かったりすんの？」

「え？　ど、どうだろ……そうだといいなとは、思ってるけど……」

「……ふうん……」

　小首を傾《かし》げる。どこでも人気者になれる恋とは違って、私は昔から友達も少なかったし、生徒にいじめられたりしてないかって心配してくれているのかな？

「だ、大丈夫だよ！　ちゃんと先生やってるから、心配しないで！」

「いや、そういう意味じゃなくて……まあ、いいや。映画観ようぜ」

　恋は何かを言いたそうにしていたけれど、それからその話題には触れず、私たちは映画を観はじめた。

恋の言っていたおすすめの映画は、サブスク限定配信の少し尖《とが》ったサスペンス映画だった。結構、面白いとは思うんだけど……。

私は、左隣に座る恋の顔を盗み見る。

映画の途中、何度も、何度も恋の顔を見てしまう。

大きな瞳に、長い睫毛《まつげ》に、白い肌に、通った鼻筋に、見惚れてしまう。

――この綺麗《きれい》な顔が乱れるところが、見たい。私に抱きついてよがる姿が、見たい。

さっき、「我慢できた自分を褒めてあげたい」なんて思ってからまだ少ししか経っていないのに、あのときの選択を早くも後悔するなんて情けない。

悶々《もんもん》としながら映画を観ていては、内容に集中できるはずもなく。

自分から映画を観ようと提案したくせに、映画は確かに面白そうなストーリーだったと思うのに。

肩に触れる恋の体温に、私の頭の中はエッチなことしか考えられなくなっていった。

全然集中できなかった映画が終わった頃には、夕食の準備をはじめるにはちょうどいい時間になっていた。

「結構面白い映画だったな」

背伸びをしながら恋は言う。

「そ、そうだね。面白かったね」

そう答えてはみたものの、中身はあんまり覚えていない……とは、言えなかった。

映画の内容について語る流れになるとボロが出てしまいそうなので、話題を変えることにした。

「そろそろ夜ごはんの準備するね。レン、今日は何食べたい？　レンの好きなものを作ろうと思って」

自炊にも慣れてきているし、料理のスキルも少しずつ上がってきていると自負している。前に作ってあげたときよりも喜んでもらえると思うし、今日は張り切って恋のために作るつもりだ。

「んー……俺も一緒に作る」

恋の返事は、私の予想とは違っていた。

「えっ？　ど、どうして？　レンは昨日遅くまでお仕事だったしお客様なんだから、私が作るよ？」

「いや、なんていうか……料理している志乃を見てるのも好きだけど、一緒に作ったほうが近くにいられるって思ってさ。……ダメか？」

そう言って私の顔を見る恋に、キュンとさせられる。

私が恋にそんな風に問われて「ダメ」なんて言えるはずがないのに。

「うう……いいに決まってるよお……」

「そうか？ サンキュ、志乃」

恋が私をときめかせようとしている気がしてならない。

っていうか、このニヤニヤした顔。綺麗なのに悪戯《いたずら》っぽいこの顔！ 大好きだけど、絶対確信犯だ……！

「そ、それで、レンは何食べたい？」

恋は腕を組んで「うーん……」と考えてから、

「そうだなー……唐揚げとか？」

「うん、いいよ。でも、揚げ物でいいの？ 食事制限とか、大丈夫？」

恋は華奢《きゃしゃ》だし私から見ると全然細いと思うんだけど、モデルの世界は私なんかじゃ想像もできないくらい細い体型の子だったり、美意識の高い子がたくさんいると恋から聞いている。

肌のコンディションとか体重のことを考えて、脂っこいものだとか甘いものを恋は昔に比べてあまり摂《と》らなくなったのだ。

そういうプロ意識を持つ恋を私はすごいなって思うし、好きだなって思う。だから私が恋の足を引っ張ることだけはしたくなかった。

「制限はしてるけど、今日はいい。志乃とのデートでは〝我慢しない〟って決めてんだよね。……俺はね」

意味深な視線を向けられて、ドキッとする。

「が、我慢のしすぎは体によくないもんね」

「そうだよな。我慢はよくない……よな？」

恋の人差し指が私の唇に触れ、ぷにっと潰される。

何を意味しているのか理解したけれど……まだ、ダメだよ。

今恋を求めてしまったら、今日の私の心掛けが水の泡だし……それに、夕食を作る体力がなくなってしまうかもしれないし。

脳内に並べた言い訳で自分自身を説得し、恋の指を摑《つか》んで唇から離した。

「そ、そっかあ。サ、サラダも作ろうね。レタスたくさん入れようか」

「…………ん」

「私、エプロン二枚持ってるからレンも使ってね。はい、これ」

恋にエプロンを手渡してから自分のものを着けていると、急に抱きつかれて「ひゃっ」と声が出た。

「ど、どうしたの？」

「別にー？　志乃がエプロンの紐《ひも》をちゃんと結べていないから、直してやろうと思っただけー」

「う、後ろで結ぶタイプのやつだから、前から抱き締める必要はないんじゃ……？」

「なんだよ。不満なのか？」

「ち、違うよ！　ドキドキして料理に支障が出ちゃったら大変って思って……」

正直な気持ちを伝えると恋は満足したのか、白い歯を見せた。

「最初からそう言えよ」

上機嫌で私から離れた恋の温もりが、まだ残っている。……いや、それだけじゃない。

恋の胸の柔らかさも結局、私の心を乱してしまった。

作業を分担しながら、私たちは夕食作りに取り掛かった。

「肉に粉つけたぞー。これ、油の中に入れたらいいのか？」

「あ、レンは火の近くに立っちゃダメ！　私がやるから！」

「過保護すぎだろ。大丈夫だって」

「ダメだよ！　レンはモデルさんなんだから、火傷《やけど》とかには人一倍気をつけないと！」

この綺麗な体に傷をつけてしまうようなことは、決してあってはならない。

「……わかったよ。じゃあ、こっちの野菜洗う」

子ども扱いするなってふてくされるかもと思ったけれど、恋《れん》が素直に言うことを聞いてくれて安堵《あんど》する。

「ありがと、レン」

「……どっちかっていうと、俺の台詞《せりふ》だろ、それ」

「そう？　じゃあ、レンは離れててね……えいっ」

熱した油の中にお肉を入れると、ジュワーっという良い音がした。調理中の音だけで美味《おい》しいって思える食べ物は、私の中だと唐揚げとハンバーグがツートップかも。

テンションも上がってきた。鼻歌を歌ったり恋と話しているうちに揚げ終わり、キッチンペーパーを敷いたバットにのせる。

「おお！　めっちゃ美味《うま》そう！」

目をキラキラさせている恋が可愛《かわい》くて、笑みが零《こぼ》れる。

「揚げたてだよ。味見する？」

「する！」

「はい、あーん」

「あー……って、熱っ!?」

「ご、ごめんね。フーフーするから!」

じっと私の手元を見て、動きに合わせて口を開ける恋。赤ちゃんに離乳食をあげるみたいな気持ちになる。

恋はもぐもぐと咀嚼《そしゃく》して、ごくんと飲み込んだ。

「すっげえ、美味い!」

「ほんと? よかったー!」

恋に美味しいって言ってもらえるのが、やっぱり一番うれしいな。ほっと胸をなで下ろしていると、

「……あのさ、志乃《しの》」

「ん? なあに、レン?」

恋は何かを言いたそうにしていたけれど、視線を一旦コンロのほうに向けて、小さく息を吐いた。

「なんでもない。……あと、どれくらいで終わる?」

「そんなにお腹《なか》減っちゃった?」

「腹が減ったっつーか……まあ、そうだな」

なんだか歯切れが悪い気がしたけれど、お腹が減っているのであれば急いで残りの料理も作ってしまわなければ。

「もう少しで終わるからね。早く食べたいね」

「うん。早く食べたい」

恋の視線が私に向けられ、私は微笑《ほほえ》む。何気ないやり取りの中に幸せを感じる。

もし恋と暮らせたら、こんな会話も当たり前になるのかな。……一緒に暮らせたら楽しいだろうなあ。

なんて妄想しながら完成させたシチューは、我ながら上出来だった。


出来上がった料理をテーブルの上に並べると、恋ははしゃいだ声を出した。

「志乃、天才か？」

「レンが手伝ってくれたからだよ。頂いたワインも開けちゃうね」

恋が手土産に持ってきてくれたワインをグラスに注いだ。唐揚げにワインという組み合わせは私にとって初めてで、ワクワクして顔がほころぶ。

「どうした？」

「ううん、なんでもないよ。食べよっか」

ふたりで一緒に手を合わせた。

「「いただきまーす！」」

シチューを一口食べる。うん、上手にできたと思う。それに、恋の顔を見ながら食べるごはんは、いつもよりずっと美味しく感じられる。

私はすっかり上機嫌で、今度は唐揚げを口に運んだ。恋のお墨付きということもあって、自分でも自信を持って美味しいと言い切れる。

「シチューも唐揚げも最高。志乃はどんどん料理が上手《うま》くなってるよな」

「そ、そうかなあ？　えへへ……レンが美味しいって言って食べてくれるから、料理のモチベが上がるんだよ」

恋のお箸が進んでいるのを見てうれしくなった私は、褒め言葉を素直に受け取った。

「仕事で疲れて帰ってきてんのに自炊するって、マジで尊敬する。俺だったら絶対無理だもん」

「毎日外食とかお弁当のほうが、面倒臭い気がするよ？」

「いやいや、自炊のほうが大変だって。まあ、でも……俺も志乃と一緒に住んでいたら、お前のために頑張るかもしんないな」

意図的なのか、無意識なのかはわからないけれど。

初めて出会ったときから、今まで。私は何度も、何度も恋に心をときめかせられている。

……私も恋をときめかせたいな。私が恋を好きな気持ちと同じくらい、恋も私のことを好きになってくれたらいいのに。

そう願いながらワインを一口、頂いた。

「わ。レンが持ってきてくれたお酒、美味しいね」

普段、ひとりで家にいるときにお酒は飲まない。そんなに嗜《たしな》むほうではない私でもすごく飲みやすいってことは、いいお酒なのかなあ？

恋もグラスを傾けた。

「ほんとだ、美味い。これ、撮影スタッフから貰《もら》った酒でさ、俺も詳しくはないんだけど結構いいやつらしいぞ」

恋はワインを飲む姿がとてもよく似合っている。様になっていてかっこいいな、と思いながら、また一口飲んだ。

「そうなんだあ。私みたいなのが飲んじゃっていいのかなあ。ちょっともったいない気がするね」

「志乃はそんなに酒に強くないんだから、ほどほどにな」

「レンは強いもんねえ。そういうところもかっこいいよねえ」

食事とお酒が、どんどん進んでいく。

ああ、なんだか幸せだなあ。……ちょっと体が熱くなってきたかも？

羽織っていたカーディガンを一枚、脱いだ。

「……おい。もう酔ってんのか？」

恋が心配そうに尋ねてくれた。

「酔ってないよ～？　でも、今は酔っても安心だね。レンがいるもん」

「……ったく、俺がいないときに外で飲むの禁止な？　危なすぎるだろ」

「危なくなんてないよお。もう、大人だもん」

これでも成人しているし、普段は教師として真面目に働いているし、ごはんだって自分で作っている。

それに、恋ならともかく、私がモテたりするはずないもん。だからそう簡単に危ない目に遭うことなんてないはず。

恋は頭を掻《か》きながら、私にも聞こえるような大きな溜息《ためいき》を吐《つ》いた。

「……志乃は自分のこと、何もわかってないだろ」

恋の視線が私の顔から、胸元に落ちたのがわかる。突然握られた左手の温かさに驚きつつ恋の顔を覗《のぞ》くと、反対の手で太ももを撫《な》でられた。

「ど、どうしたの……？」

酔いが回ってきているというのに、恋に触れられた部分だけは敏感に反応する自分の体が不思議だった。

「どうしたの、じゃないだろ……それに」

太ももに触れていた恋の指が私の体をつうっとなぞるように、お腹に、胸に、首にと、ゆっくりと上がっていく。

ゾクッとする気持ちよさが、体に響く。

「俺がいるから安心っていうの、気に入らないな」

「……ふえ？」

上がってきた指が、私の顎を摑《つか》んでいた。

「俺のことは警戒していないってこと？」

恋にじっと見つめられる。……あれ？　気のせいかな？　さっきよりも、恋の顔が近い？

「そ、そんなこと……んっ」

言い終わるより先に、キスをされていた。

「レ、レン？　……んぅっ」

私が言葉を紡《つむ》ぐのを邪魔するかのように、恋からのキスが止まらない。いつもより頭がぼうっとしている私は、体に力が入らない。恋に触れられる気持ちよさと相まって、次第にソファーの上に押し倒される格好になっていた。

「れ、レン……酔ってるの……？」

恋と一緒にお酒を飲むのは、初めてではない。恋は私よりずっと強いほうだけど、酔うとキス魔になることを知っている。

だから、今も酔っているんじゃないかって、そう思ったんだけど――。

「これくらいじゃ酔わないって。なんで俺がこんなことしてるのか知りたいなら……自分の胸に手を当てて聞いてみ？」

そう言って胸に当てられたのは私の手ではなく恋のもので、思わず変な声が出る。

「んっ……れ、レン……？」

「……あのさー、志乃」

私の上に馬乗りになった恋は、私を見下ろしながら口にする。

「……俺はずっと……志乃が手を出してくんの、待ってんだけど」

挑発的に、蠱惑《こわく》的に。

恋《れん》の表情とその言葉は、私の中にある欲望の類をすべて煽《あお》ってくる。

アルコールで鈍っている思考回路が信用できなくて、恋の発言の意図を確かめるように口に出して尋ねた。

「……いいの？」

私に跨《また》がる恋は、少しだけ恥ずかしそうに頬を掻いた。

「いいも何も、こっちは元々そのつもりなんだって。……ぶっちゃけ、映画にも集中できなかったくらいだし」

「え……？」

恋も私と同じで、エッチなことばかりを考えていたってこと？

「で、でも、観終わったときに面白かったって、言ってなかった……？」

「いや……志乃のことで頭がいっぱいだったなんて言ったら、盛ってるみたいで大人としてどうだろ、とか思って……なんか、言えなかった。……俺から直球で誘うのに躊躇《ためら》ったっつーか……」

恋はモゴモゴと言い訳するかのように口にした。

——なんて可愛《かわい》い彼女なのだろう。私は恋をぎゅっと抱き締めた。

「わ、私も同じっ……！　ほんとは映画、全然集中できなくって、レンのことばっかり考えてた……！」

「……って、志乃《しの》もだったのか？」

私たちは顔を見合わせて、同時に噴き出した。

大人だし、社会人らしく……とか、久々に会ってお家デートだから満喫しないと、だとか。頭でっかちに考えすぎる必要なんか、なかった。

私は恋のことが好きで、恋も、私のことが好き。

お互いがお互いを求めているのなら、欲望をぶつけ合ってもいいのかもしれない。

ただ素直に「好き」を伝え合うだけでふたりとも幸せになれるなら、もっと伝えていきたいと思った。

出会った頃と同じように。高校生のときのように。

年齢を重ねても、私たちの気持ちは何一つ変わっていないのだから。

私は体を起こして、恋の腰に手を回しながらもう一度確かめる。

「じゃあ、私……我慢しなくてもいいんだよね？」

「ああ、いいぞ」

「……とまんないよ？」

恋は頬を染めながら私の耳元に唇を寄せた。

「いいから、早く愛してくれよ」

煽るように囁《ささや》かれ、私の体に電撃が走る。

今ので、私の理性は焼かれてしまった。ショートしてしまった体はもう、目の前の彼女を愛することしか考えられない。

無我夢中でキスをしながら、私が恋の上になるよう体勢を入れ替える。

ソファーの上に倒れ込んだ恋は、頬は紅潮して確かに興奮しているように見えるのに、私から目を逸《そ》らさない。

私がどんな顔をして恋を求めようとしているのか、どんな風に動いて気持ちを伝えようとしているのか、私のすべてをその大きな瞳に焼きつけるかのようだった。

そういう仕草一つとっても、私をかき立てる要因にしかならないというのに。

服を脱がそうとしていた手を止めて、恋の頬に触れる。

軽いキスをしてから、ありったけの想《おも》いを込めて、告げる。

「好きだよ、レン。大好き」

「……知ってる。だから、好きにしろよ」

返された言葉とキスは、彼女が私のものであることを証明する合図になる。

口で、指で、できるだけの愛情を込めて、恋を抱く。

普段は挑発的で、口が悪くて、誰とでも仲がよくて、人気者で……そんな恋は今、私が「好き」と伝えるだけで、私が指を動かすだけで、他の誰も聞いたことのないような声を出して、華奢《きゃしゃ》な体は本能のままに素直な反応を見せる。

可愛い、と思う。愛《いと》おしくてたまらなくなる。

大好きなのに、大切にしたいのに。

「……先に謝っておくね……ごめん、ね」

今日は私、恋のことを壊してしまうかもしれない、と思った。

◇

カーテンの隙間から差し込む朝日を無視し続けるにも、限度というものがある。

「お、おはよう、レン」

「……おはよ」

目を覚ました恋は心なしか……ううん、間違いなく、寝起きなのに疲れているように見える。

「あ、あの……ご、ごめんね？　だ、大丈夫……？」

「あー……無理だな。腰痛いし、ヘロヘロだわ」

自分で聞いておきながら……というか、めちゃくちゃに抱いておきながら、謝罪というのも今更という感じはする。

恋が満身創痍《まんしんそうい》なのは、どう考えても私のせいだから。

「そ、そうだよね……今日は家で、ゆっくりしとく……？」

「……そうする。夕方から仕事だしな」

スマホで仕事のスケジュールを確認している恋を見て、罪悪感が湧いてくる。

「お出かけする予定だったのにね……私のせいで、ほんとにごめんね……」

今日はお昼頃までは一緒にいられる予定だ。

だから少し早起きをして、外でぶらぶらしてランチでもしてから解散しようなんて話していたのに……。

昨夜、夢中になった私がとまらなくなってしまったせいで、恋にかなりの負担をかけてしまった。

……社会人なんだし、次の日に与える影響のこともっと考えなくちゃいけなかった。反省しないといけない。

しゅんとなっていると、恋に頭をぽんと叩《たた》かれた。

「謝んなって。別に怒ったりとかしてねえし」

「で、でも……っ、次からは気をつけるね！　レンのお仕事の邪魔だけはしたくないし！」

「……だから、加減して抱くって？」

正しい回答をしたと思ったのに、恋は少しだけ不機嫌そうだった。

「か、加減できるかはわからないけど……ど、努力はするってこと、です」

「そういうのはいいって。それより……」

恋に引っ張られる形で、ベッドの中に倒れ込んだ。

驚いた私の首に手を回した恋が、耳元で囁く。

「家を出るまで、まだ……もう少し時間あるけど？」

答えが一つしかない質問とキスをされて、私の頭も体もあっという間にその気になって

しまう。恋と触れ合う箇所から溶けていく感覚に夢中になりかけたとき、

「……で？　どうする？」

――恋が挑発的に、笑う。

三十秒前の決意すら揺らぐ私は、ダメな大人なのかもしれない。

「……レンが悪いんだからね？」

昨夜は私が悪かったのかもしれない。でも今のは、恋だって悪い。

私たちは再び芽生えてしまった熱を――恋が家を出る時間の直前まで、確かめ合ったのだった。


いよいよタイムリミットが迫り、恋は慌ただしく準備を整えた。

「じゃあ、またな」

「うん。お仕事頑張ってね」

マンションの前にタクシーを呼んでいる。玄関で靴を履いている恋を見ているとどうしても引き止めたくなってしまう自分の欲を、必死に胸の中に押しとどめる。

「志乃もな。また連絡する」

立ち上がって顔を近づけてくる恋とバイバイのキスをする。触れるだけの優しいキスの後で、恋は小さく呟《つぶや》いた。

「……帰りたくないな」

「うん……私も、レンに帰ってほしくない」

確かに気持ちは通じ合っているのに。そんな我儘《わがまま》は口に出すだけで、実現しない夢だともわかっている。

「……じゃ、行くわ」

「き、気をつけて帰ってね」

ガチャンという音がしてドアが閉まる。恋が、部屋を出て行った。

静かになった部屋の中で私はひとり、さっきまで恋と一緒にいたベッドの上に横たわった。

もう、恋の温《ぬく》もりは感じない。

それが私の胸を、こんなにも切なくさせている。

一緒にいる時間が楽しければ楽しいほど、ひとりになったときに反動でいつもよりも寂しくなってしまう。

——恋ともっと、一緒にいられたらいいのに。

そんな願いを抱いたところで、寂しさは募っていくばかりで。

明日の授業の準備でもしよう。

確かな現実のほうを逃避に使ってしまうくらいに——私は今日も、恋に溺れている。

第二話「……ドレス、皺になるんだけど？」

俺の彼女は、とにかく可愛《かわい》い。

初めて出会ったときから、顔はタイプだと思っていたけれど。

次第に話す仲になって、付き合うようになって。

俺はあいつの顔だけじゃなくて、全部を好きになっていた。

声も、恥ずかしがり屋なところも、真面目で優しいところも、柔らかくて抱き心地がいいところも、あと……一見ホワホワしているのに、セックスのときになると俺を攻め倒してくるところ……とかも。

……いや、それ関連に思いを馳《は》せるのはやめておこう。

まだ仕事中だっていうのに、体が熱くなってきては困る。

「REN、そろそろ再開するよー」

マネージャーの間島《まじま》さんから声をかけられた俺は、見ていたスマホを鞄《かばん》の中にしまった。

「うーっす」

今日の撮影は長丁場で疲れるけれど、直前まで志乃《しの》の写真を見ていたおかげで、休憩前よりも元気になった気がする。

そんな単純な効果が出てしまうほどに。まあ、直球で言ってしまえば。

高校生の頃から、現在に至るまで。

俺、白雪恋《しらゆきれん》は――早乙女《さおとめ》志乃を、愛している。


「目線こっちくださーい！　もっと煽《あお》るようにお願いします！」

カメラマンの指示に合わせて、動く。

「RENいいよー、そのまま髪の毛かき上げてみて！」

言われた通りに片手で前髪をかき上げると、褒め言葉と一緒に何回も何回もシャッターを切られた。

ポージングとは、そのままじっと立っている姿勢を指すわけではない。

モデルは最高の画《え》を提供するために、カメラマンの指示を聞きながら自分なりに考えて細かく動き、カメラマンはモデルが一番輝く刹那を切り取るために、熱意を持ってファインダーを覗《のぞ》いている。

要求通りにできて及第点、要求以上のことができなければモデルとしての需要はなくなってしまう。

だからモデルの皆は普段から努力しているし、全力以上で仕事に取り組んでいる。

外から見ると華やかな世界だと思われがちではあるが、この業界は弱肉強食という言葉がまさに当てはまると思う。

高校を卒業して、服飾の専門学校を出た俺は——学生時代から少し手伝っていたファッションモデルとしての仕事を本格的にスタートさせた。

就業時間は不規則だし、真冬に薄着で夏物の撮影をするのが当たり前だからキツさを感じることもあるけれど。

求められる仕事に対して自分にできる精一杯で挑み、それが評価されるという世界はわりと、嫌いではなかった。

「いいね、ＲＥＮ！　最高！」

カメラマンの反応に、段々と気分が高揚していく。

キツさとかしんどさの中にそれ以上の楽しさを見いだせることも増えてきたし、被写体として何を求められているのか感覚的にわかることも多い。

もしかしたら俺は、モデルという仕事が向いているのかもしれないと思えるようになってきた。

そう考えられるようになってきたのはわりと最近で、実は志乃の影響が大分大きい。

高校教師という仕事に対して、俺からしてみたら信じられないくらい、志乃はとにかく一生懸命に取り組んでいる。

俺のほうが二年早く社会人になったとはいえ、志乃があれだけ頑張っている姿を近くで見ていたら……俺もちゃんとやんなきゃなって、思わされた。

つーか、この先も志乃と一緒にいるためにはもっと稼いで、志乃を養えるくらいにはなりたいしな。

自分のためだったらそこまで頑張れなかったかもしれないけれど、可愛い彼女のためだったらなんでもできる気がする。

志乃は俺にとって最優先される、特別な存在だから。

◆

翌週の仕事は、俺にとっては初めてに分類される撮影だった。

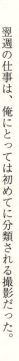

「フォーマルドレス特集って……なんで俺に声がかかったんだろうな。俺には似合わない気がするけど」

スケジュール表には『リンク・ハミルトンホテルで撮影』としか書いていなかった。

ヘアメイクさんに化粧をされながら、もっと撮影内容について確認をしておくべきだったと零《こぼ》す俺に、

「何言ってんの！　ＲＥＮにこそ着てほしいと思ったからオファーを受けたの！　普段はカジュアルな格好で人気のあるＲＥＮがこういうドレスを着ることで希少価値を呼び！　ＲＥＮに憧れている女の子たちが『私もこういうの着てみたい……！』っていう気持ちになって、〜〜」

間島さんはつらつらと言葉を並べて力説していた。

俺の耳はもう聞き流しモードに入っているが、元々与えられた仕事はきっちりやる主義だ。モチベが低いわけでもないし、そんなに熱心に語らなくても逃げないから心配しないでほしい。

「っていうか、ほんとに素敵よ。似合ってるわ」

すでにドレスを着用している俺に視線を向けて、間島さんは得意げな顔になった。

不慣れな格好だし若干の不安はあったけれど、この人はダメなときはダメってハッキリ

言うし、少し自信になった。

「まあ、そう言ってもらえてよかったよ」

「そうそう。それにこんな高級ホテル、二十歳そこそこの小娘が自分の稼ぎで簡単に来られるようなホテルじゃないんだから、せっかくだし満喫しておいて損はないわよ？」

今日の撮影場所である『リンク・ハミルトンホテル』は、俺も名前だけは知っている有名なホテルだった。

「じゃあ、ありがたく堪能《たんのう》させてもらおうかな。俺の撮影場所はウエディング会場と、客室だっけ？」

「そうよ。ウエディング会場は私も一回お呼ばれで行ったことがあるけれど、すごく立派なところよ」

「へー……ちなみに、ここに泊まると一泊いくらくらいすんの？」

「そうねえ……これ、一番ランクの低い部屋の最低価格」

何の気なしにした素朴な質問だったけれど、間島さんにスマホの画面を見せられた俺は目玉が飛び出しそうになってしまった。

「はあ⁉　ゼロ一個多くね⁉」

「高級ホテルだって言ったでしょう？　絶対に備品を汚したり、傷つけたりしないようにくれぐれも注意してね」

「……うっす」

今までで一番体が強張《こわば》った俺に、間島さんはふっと笑った。

「普段通りにやれば大丈夫よ。ほら、志乃ちゃんのことを思い出して！　元気、出てくるんでしょ？」

間島さんは俺と志乃が付き合っていることを知っているし、理解もしてくれているし、なんならこうやって俺のやる気を上げるために志乃の名前を利用すらしてくる人だ。

手のひらで転がされているようだけど、別に嫌な気分にはならない。

志乃のために頑張っているというのは、事実でもあるし。

「ああ。志乃のことを思えばなんでもやれるから、俺」

心からの言葉にヘアメイクさんが「素敵ですね」と言ってくれた。

その後すぐに、メイクが完了したことを告げられる。

鏡に映るドレス姿の自分は、なるほど確かに、わりと似合っているように思えた。

「今日も素敵よ、ＲＥＮ。行きましょう」

間島さんに言われて立ち上がる。

さあ、行くか。

高いヒールを履いて歩くと、いつもと違う音が響いた。

客室での撮影がはじまった。

最初に宿泊代を聞いていなければ「高そうな部屋だな」くらいしか思わなかっただろうけど、今の俺はもうこの部屋のすべてが最高級品に見えて、大きすぎる窓からは東京の夜景がめちゃくちゃ綺麗《きれい》に見渡せるっていうのに、十分に楽しむ余裕が持てないくらいだった。

「それじゃ、まずは場所だけ指定するから適当にポージングしていって」

カメラマンに従って椅子に手をかけてみたり、鏡台の前に座って自分と向き合ってみたりして、室内の備品を使った撮影が進められていった。

反応は上々。俺も気分が乗ってきて、緊張もほぐれてきた。

「じゃあ次は、窓をバックにしながら流し目で夜景を見て、物憂《ものう》げな表情で佇《たたず》んでみて！」

指示通りに夜景を眺める。……東京に住んでいるっていっても、高層ビルからの景色っていうのは全然違うもんだな。志乃だったら目をキラキラさせて「綺麗だね！」なんて言

いながら、笑ってくれるんだろうな。

見せてやりたいな。俺一人で見るの、もったいないわ。

……やべえ、集中しねえと。物憂げな表情ってオーダーなのに、志乃のことを考えていたらニヤけてきちまうからな。

自分でも頬が緩んでいることを自覚していると、

「いや……今の顔のほうがイイな！　ＲＥＮ、もっと乙女な顔してみてよ！」

カメラマンから意味不明な指示が入った。

待て。乙女な顔ってなんだよ！　自分でもよくわかってねえのに、意識してできるわけねえだろ！

……と、胸中では毒づいてみたものの……乙女と言われて思い浮かべたのは、やっぱり志乃の顔で。

あいつはあんなでかいカメラ向けられたら、ひたすら慌てふためくんだろうな。うわ、見てえ。真っ赤になって涙目になる志乃とか、絶対可愛《かわい》いだろ！

「オッケー！　その感じ！　いいねＲＥＮ！」

恋人の姿を妄想していたら、なんか褒められたんだけど⁉　これでいいのか⁉

間島《まじま》さんだけが、慌てふためく俺の心境を把握していたのだろう。

目が合ったときに、笑いながら大袈裟《おおげさ》に肩をすくめられた。

◆

そうして、フォーマルドレス特集の撮影は滞りなく終わった。

結果的に満足のいく仕事はできたとは思うけれど……俺は家に帰ってきてからもずっと、リンク・ハミルトンホテルと——志乃《しの》のことを考えていた。

交際をはじめた高校生のときから、志乃とは数え切れないほどたくさんデートを重ねてきた。

だけど学生時代にはあんなホテルには泊まれなかったし、そもそも選択肢の一つにもなかった。

今の俺なら……余裕だとはまだまだ言えやしないけれど、なんとかふたり分の宿泊費を出すことはできる。

——志乃と来られたら、絶対楽しいだろうな。

志乃は、喜んでくれるかな？

「……よし」

はしゃいでくれている志乃の姿が脳裏に浮かんだ俺は、決意を固めてメッセージアプリを開いた。

付き合ってから今まで、クリスマスはずっと一緒に過ごしてきたから予定は空けてくれているとは思うけど……一応、確認だ。

『志乃ってクリスマス、空いてるよな?』

夜遅めの時間に送ったメッセージだったけれど、返信は早かった。

『レンと一緒に過ごせたらいいなあって思って、空けてるよ』

よかった。念のためと思って聞いたとはいえ、俺のために空けているという言葉に安堵《あんど》する。

『もしかしてレン、仕事とか……?』

連続で送られてきたメッセージに、慌てて返信した。

『今のところ大丈夫。今年は俺が計画立てるから任せてほしい』

すぐに「仕事?」と考えるあたり、志乃は俺が浮気《うわき》するって考えがないんだろうな……

いや、絶対しないけど。するつもりなんて微塵《みじん》もないけど。

志乃は昔から、ヤキモチを妬《や》かない。

……俺のほうは、正直……毎日志乃の姿を見ることができて、志乃の授業を受けられる生徒たちにすら妬いてしまうというのに。

こういうとき……不安定になりがちなんだよなあ、俺。

『ほんと?　うれしい!　楽しみにしてる』

だけど俺の不安は、志乃の声で脳内再生余裕なメッセージを読んでどこかへ飛んで行った。

俺のガキっぽい嫉妬なんかでモヤっていても仕方ないことだし、志乃は俺のことが間違いなく好きなんだからそれでいいじゃん。

っていうか、可愛い彼女が笑顔になってくれるなら、やるしかない。


『期待してろよ。最高の一日にするから』


大見得を切ってしまったといえば、そうなんだけど。

ワクワクする気持ちを抑えきれなかった俺は、早速ホテルのホームページを開いて予約ページを確認した。

◆

十一月、下旬。

俺と志乃はリンク・ハミルトンホテルのラウンジでコーヒーを飲みながら、非日常的な時間と空間を味わっていた。

「な、なんか緊張しちゃうね……」

対面に座る志乃が、いつもより硬い笑顔を見せた。

「せっかくの機会なんだし楽しもうぜ。堂々としてろよ」

「う、だって……れ、レンは格好も場所も様になってるけど、私はきっと、似合ってないもん……」

志乃が今着ているドレスは、この日のために新調したものだ。

このホテルでジーンズなんて穿《は》いていたら浮いてしまうし、レストランに入るにもドレスコードがあるし。

「なに言ってんだ。超似合ってるから」

「……そ、そうかな？　……レンが一緒に買いに行ってくれたおかげだよ。わ、私ひとりじゃこういう服、選べないと思うし……」

志乃が着ているのは全身に花の刺繍《ししゅう》が施された、グレーのドレスだ。

マーメイドシルエットが志乃の上品さを引き出すし、体のラインが際立《きわだ》つデザインはかなり俺好みでもある。

「志乃に似合う服を選ぶ自信はあるからな。だって、俺以上に志乃の魅力を知ってるやつはいないだろ？」

「そ、その格好でそんなかっこいいこと言うの禁止～……」

〝その格好〟とは、俺が着ているドレスのことを指しているのだろう。

俺のドレスはネイビーのシンプルなデザインのものだ。

裾は志乃のドレスに比べると短く、この季節は少し寒さを感じるものの、志乃が喜ぶだろうと思って選んだ。

案の定、俺の姿を見た瞬間から志乃はずっと褒めちぎってくるし、なんなら視線がよく脚にいっていることにも俺は気づいている。

それに、胸元が開いたタイプのデザインのものを選んだのも正解だったと思う。襟元のレースのおかげで下品に見えないのも、気に入っているポイントだ。

「お気に召してもらえて、光栄だよ」

ニッと笑うと、志乃は照れてカップで顔を隠すようにコーヒーを飲んだ。可愛い。

今日のデートのすべては、志乃に喜んでもらうためにある。

服装も髪型も全部「志乃が好きそうかどうか」を基準に考えているため、彼女のリアクションから自己採点するならば合格と言っていいだろう。

「うう……後でたくさん写真撮らせてね……」

「仰《おお》せのままに、お嬢様?」

おふざけで執事がするように左手を胸に当ててお辞儀をすると、志乃は顔を真っ赤にして頬を押さえた。

恋人に褒めてもらえて俺も上機嫌だ。

着飾った可愛い彼女と、最高級のホテルで一夜を過ごす。

完璧なシチュエーションの中で、ただ一つだけ不満を挙げるのならば――それは、今日の日付である。

思わず、溜息《ためいき》が零《こぼ》れた。

「……本当はクリスマスに予約入れたかったんだけど、考えが甘すぎたわ。ごめんな？　来年からはもっと早めに予約するようにするから」

本当だったらクリスマスイブに、ここで志乃と過ごしたかった。

だけど、初めてこういうお値段高めのホテルに予約を入れようとした俺は、予約の段階で驚かされた。

クリスマスシーズンはすでに一年以上前から予約が埋まっていて、一般人が一ヵ月前にそう簡単に部屋を確保できるものではないのだと知ったのだ。

「ううん、すっごくうれしいよ。レンが私のために考えてしてくれることは、全部うれしいもん」

志乃は裏表のなさそうな柔らかくて優しい笑みを浮かべた。

……この可愛い彼女のためにも、俺はこれからもっといろんなことを勉強しないとな。

俺は年齢的にも、自分で金を稼いで税金を納めている点から見ても、もう立派に社会人なのだから。

志乃が好きで、志乃を誰よりも大切に想《おも》っている気持ちは、高校生の頃から何も変わってはいないのに。

俺たちを取り巻く環境や置かれる立場だけが、どんどん変化していく。

取り残されてしまわないように必死に背伸びしなくてはならないことを、窮屈に感じてしまうときもある。

だけどそれも、この先も志乃と一緒にいるために必要なことなのであれば、俺は嫌だとは思わない。

「そう言ってもらえると、助かる」

「うん。だから気にしないでね、レン」

来年は計画的に動こうと胸に誓った。

「ん。サンキュな、志乃」

「で……でも、本当にいいの？　こんなすごいホテル……」

「ああ。志乃のために働いているところあるしな、俺」

本心を伝えると、志乃の頬が再び朱色に染まった。

志乃《しの》も喜んでくれているし、奮発してよかったと心から思う。

「じゃあ、そろそろチェックインするか」

俺に倣《なら》って立ち上がった志乃は自信がないのか、両腕でぎゅっと自分を抱き締めるようにして猫背になった。

「う、うん。……わ、私大丈夫だよね？　な、なんか周りの人に見られている気がして、落ち着かないよお～……」

「変なところなんて一個もねーよ。世界一可愛《かわい》い」

「ふえっ⁉　……そ、そうかな……？」

「ああ。間違いない」

志乃は自分がこの場所に相応《ふさわ》しくないから悪目立ちしてるんじゃないかって心配してるんだろうけど、めちゃくちゃ見当違いだ。

志乃を見ている連中は皆、志乃が可愛いから見てるんだよ。

こんな可愛い子が無防備でいたら周りの連中の注目を集めちまうし、声をかけてくる馬鹿野郎まで出てきてしまうかもしれない。

……こいつが怖がったりしないためにも、俺という恋人がいるってことを主張して、威嚇していかないとな。

俺はいつも以上に志乃にぴったりと寄り添いながら、ホテル内を歩いた。

「え、なんだコレ……海老《えび》？」

「よくわかんないけど、美味《おい》しいねー！」

オシャレすぎて見たこともないような料理がコースで出てくるディナーは美味《うま》いとしか言いようがなく、食レポなんてできそうもなかった。

味も、サービススタッフの対応も、シチュエーションも、満点以外の点数はない。

だけど――。

「ここの料理はもちろん美味いけどさ。俺は志乃が作ってくれる料理のほうが好きだな」

大きな声で言うのは憚《はばか》られたけれど、本心だった。

志乃が作ってくれる料理は全部美味しいし、どんどん上達しているし、この間の家デートのときに作ってくれた揚げたての唐揚げなんて頬が落ちるくらい美味しかった。

……そう、あの日。俺は食事の途中で、志乃を襲ってしまった。

可愛い彼女と久々のデートで、家で、ふたりきり。

我慢なんてできなかったのだ。

「ええ!?　そ、そんなワケないよ！」

首をぶんぶんと横に振る志乃を、じっと見つめる。

――そして今日も、俺の頭の中は煩悩《ぼんのう》にまみれている。

赤い頬に寄せた白くて長いその指に目が吸い寄せられてしまうし、食べ物を口に運んだときの艶やかな唇に、不埒《ふらち》な欲を感じてしまう。

早く触れたいし、触れてほしいと思わずにはいられない。

「なんだよ。俺の言うことが信じられないのか？」

「……ずるいなあ、レンはー……」

志乃が恥ずかしそうに、それでいて喜びを隠し切れていない笑顔を見せてくれたのを見て、俺もうれしくなる。

純粋な気持ちで、彼女と一緒にいられることの幸せを感じる。

だけど、同時に。

俺はもう、志乃と過ごす〝この後〟のことばかりを考えていた。

……俺が変態なわけじゃない。志乃が可愛いのが悪いんだよ。

陽が落ちるのが早い季節だ。客室に戻ると、チェックインしたときとは見える景色が変わっていた。

窓から一望できる東京の夜景に、志乃は圧倒されていた。

「わー！　すっごい綺麗《きれい》だね、レン！」

だけど志乃のほうが——なんて、死ぬほどベタな言葉が思わず零れそうになる。

「ああ、綺麗だな」

「……あ、そっか。レンは撮影で見ているから二回目なんだっけ。わ、私ばっかりはしゃいじゃって、なんか恥ずかしいな」

志乃のほうに見惚《みと》れていたこともあって、俺の反応が淡泊に感じられてしまったのだろう。少ししょんぼりする志乃に、すぐにフォローを入れた。

「そんなことねーよ。景色は一緒でも、志乃と見るほうが綺麗に見えるに決まってるだろ？」

志乃の顔がボンッと、効果音でもついたかのように赤くなった。

その理由をわかっているくせに俺は、志乃の反応が可愛かったからつい、意地悪な聞き方をしてしまう。

「顔、赤いな？　酒のせいか？」

「わ、私が飲んでないって、知ってるくせにー……」

そう。志乃の頬の紅潮は、アルコールのせいじゃない。

「せっかくレンと初めての高級ホテルなのに、酔っ払って記憶がぼんやりしちゃうのが嫌だから」という理由で、今夜の志乃は酒を飲んでいないのだ。

酔っ払っている志乃も可愛くて好きだけれど（俺といるとき限定。外で飲むときは危なっかしいから本当は禁止したい）、志乃が今日のこの日をしっかり覚えていようとする気持ちにグッときた。

もっと稼げるようになって、どんな高級ホテルだろうが何度だって志乃を連れて来られるような恋人になりたいと思った。

「俺もそんなに飲んでねえけど……ちょっとだけ、横になるわ」

ベッドに腰掛けた俺は、そのまま体を倒した。

「仕事のときはベッドに寝っ転がるなんて、できなかったんだよなー」

ドレスが皺《しわ》になるし髪も乱れるし、間島《まじま》さんにめちゃくちゃ叱られちまうからな。

だけど、今夜はデートだ。このまま襲い掛かってきてもいいんだぞ、という邪《よこしま》な気持ちも多少あった。

「れ……レンはウエディング会場だけじゃなくて、部屋でも撮影したんだよね？」

……どうやら、志乃に俺の気持ちは伝わっていないみたいだな。何かを考えているような表情をしてるし。

「まあ、この部屋じゃないけど客室での撮影はあったぞ。ウエディング会場とはドレスを変えて結構撮ったな。フォーマルドレス特集だからＴＰＯに合わせたなんたらかんたら～で、時間もかかったんだよ」

「そ、そうなんだ。……やっぱり、大変なお仕事なんだね……」

なんだか、台詞《せりふ》と表情が合っていないような違和感を覚える。

志乃は俺の顔色を窺《うかが》うようにちらりと見てから、口をモゴモゴとさせた。

「なんだよ。言いたいことあるなら、言ってみ？」

今日のデートにおいて、どうしても耐え難い不満でもあるのか？　……まさか、デートっていうより俺に対して、何か不満でもあるとか⁉

急に焦《あせ》ってきた。俺、なんかやらかしたか？

「……私が何を言っても、き、聞いてくれる？」

「そ……それは内容によるだろ……」

嫌な汗が背中を流れる。な、何を言われるんだ？

内心ではめちゃくちゃ焦っているのに、壮大な夜景と不慣れなドレスが、俺をクールな女にさせたがる。

動揺する心を隠しながら、平静を装《よそお》って聞いてみた。

「で、でもまあ……今日のデートはクリスマスプレゼントみたいなもんだし、いいぞ。ど、どうした？」

「……えっと、ね」

志乃が窓際《まどぎわ》の椅子に腰掛けた。

「……ねえ、レン」

物憂《ものう》げな表情に、心臓がバクバクしてきた。

「な、なんだ？」

艶やかな志乃の唇が、ゆっくりと開かれて——。

「どんな風に撮影したのか、やってみせて」

告げられた言葉は、予想の斜め上だった。

「…………は？」

拍子抜けした。思わず、古典的にずっこけてしまいそうになるくらいに。

「そ……それって、志乃をカメラマンだと思って、ポージングしてみろってことか？」

「そ、そう！　一度、見てみたいなあって、思って……」

「……嫌だよ、恥ずかしいし」

安堵《あんど》からの脱力が一気に襲い掛かってきて、半笑いをしながら天井を見上げた。……いやー、照明もきっと高いやつ使ってるんだろうなー。

呆《ほう》けた頭で取り留めのないことを考えていると、俺が寝転がるベッドの隣が、沈んだ。

顔を向けると、隣に志乃が座っていた。

「レン……」

これ、そのまま〝する〟流れか？

別に構わないぜ。こっちはいつでも、準備はできてる。

そう思って志乃を見つめていると、志乃は可愛らしく両手を合わせながら小首を傾《かし》げた。

「ど、どうしても、見たいなー……ダメ？」

まだ言ってんだけど⁉　……どうやら今日の志乃は、何があってもこの我儘《わがまま》を聞いてもらいたいみたいだ。

「いや、だからー……」

もう一度断ろうとしたものの……さっきと同じ現象が、またもや起きた。

壮大な夜景と不慣れなドレスが俺をクールな女にさせたがったように、豪華なホテルで華やかなドレスを纏《まと》う今夜の志乃は、どこか女王様というかお姫様というか、決して逆らえないような不思議な魅力を放っていた。

ぐっと言葉を呑《の》み込んで、小さく息を吐いた。

「……わかった、わかったから」

完全に降参だ。しっかりと雰囲気に当てられてしまった。

……というか俺は元々、我儘を口にする志乃《しの》も嫌いではない。つまり、最初から断る選択肢はなかったのだ。

「ポージングは適当に、覚えてる範囲でやるよ。それでいいか？」

「うん！　ありがとう！」

志乃がめちゃくちゃ可愛《かわい》い笑顔を見せてくれたものだから、恥ずかしさはひとまず置いておく。

喜んでもらうためにも、頑張ってみるか。


「んじゃ、やるぞー」

「お、お願いします！」

志乃は一度、ベッドから下りて椅子に座りながら俺を見つめている。引きの構図で見てみたい、という理由でだ。

まあ、もう俺の中では羞恥心もなくなったしな。彼女の希望に応えるべく、ベッドに腰掛けて適当なポージングをとっていった。

本当のことを言えば、仕事ではベッドを使っての撮影はしていない。

それなのに、俺がベッドの上から動かないのは……少しでも早く〝その気〟になった志乃に押し倒してほしいっていう、下心が含まれているからだ。

こんなに可愛い彼女と一日中一緒にいるんだ。そればっかり考えていても、仕方がないことだろ？

片手で髪をかき上げてみたり、脚を組んでみたり。

やることは普段の撮影と大して変わらないが、いつもと違うのは……俺の目の前にいるのは、大きなカメラを向けて声をかけてくるカメラマンではないということだ。

俺を見つめているのは——可愛い顔で、大きな瞳で、俺の姿をすべて瞼《まぶた》に焼きつけようとでもしているような、愛《いと》しい恋人なのだ。

「レン、すっごくかっこいいよ……！」

瞳をキラキラさせている志乃を見て、思わず笑みが零《こぼ》れた。

「おー、満足してもらえてんならよかったぜ」

「プロのモデルさんなんだって実感して、感動する……！　わ、私もスマホで写真撮ってもいい……？」

「いいけど、金取るぞ」

「うん、払う！　い、いくら？」

「バカ、冗談だよ。ラウンジで『仰《おお》せのままに』って言ったろ？　志乃なら何枚でも撮っていいって。特別な？」

「えへへ……ありがとう、レン」

はしゃぐ志乃に向けられたスマホの前で、引き続きポージングを取っていく。

志乃はキャーキャー言いながら、俺がポーズを決めるたびに何回もシャッター音を鳴らしていた。

実際の本格的な撮影に近いとはとても言えないけれど、志乃は〝REN〟として動く俺の一挙手一投足にいちいち感動しているようだった。

観客の反応がいいと、モデル側もテンションが上がってくるというものだ。

普段はやらないようなサービスショットを見せてやろうと考えた俺が、脚を組み替えたとき……志乃の視線がドレスの裾を追っていたのを、俺は見逃さなかった。

――もしかして？

ぐっと前屈《まえかが》みになってみる。胸元が開いているドレスは、しっかり押さえておかないと他人に見せるには好ましくないものをあらわにしてしまう。

上目遣いで志乃の様子を窺った。動揺を隠せないようにも見えたが、欲望に忠実な恋人は俺の胸元をしっかりと見ていた。

好奇心の芽が、にょきっと伸びる。

可愛い顔をして実はとんでもなくエッチな志乃ちゃんは、俺の煽《あお》りにどこまで平常心を保てるのだろう？

試してみたい気持ちが抑えられなくなってきた。

後ろ髪を両手で上げてうなじを見せつけるようにすると……志乃の目が少し、開かれたように見えた。

志乃の反応に気をよくした俺は、ドレスの裾をぐっとたくし上げて太ももを露出させる。下着が見えそうで見えないくらいの、際《きわ》どいところまで。

こういうの、好きだろ？　そう思ってちらりと志乃の様子を見ると、さっきまでとは一転して心配そうな顔になっていた。

「……れ、レン？　実際の撮影でも、そういう格好ってするの？」

女性向けのファッション雑誌だし、もちろんこういう形で売り出すことを目的とするようなポージングはしない。

「そりゃあ、そういう指示が出ればやるさ。一応、プロだからな」

だけど、ちょっぴり嘘《うそ》を含ませてみた。どこまで志乃が我慢できるのか、試したかったからだ。

せっかくいいホテルに来てるんだ。俺だって少しくらい我儘に振る舞ったとしても、罰は当たらないだろ？

「そ、そうなんだ……」

志乃は何か言いたそうにしていたけれど、ポージングしてみてほしいと最初に言ってきたのは志乃だ。

それに……こっちも焦《じ》らされている分、志乃にも少しは同じ気持ちを味わってもらわないとな？

「んじゃ、続けるぞ」

あえて、志乃の欲望を煽るような格好を続けていく。

しばらくすると――いつの間にか、シャッター音が止まっていた。

志乃の熱い視線が直接、俺の顔と体に向けられている。

その視線に俺自身、途轍《とてつ》もない興奮を覚える。

……ああ、やっぱり。仕事ではベッドの上での撮影がなくてよかった。志乃のことを考えて表情が上手《うま》くコントロールできなくなって、また間島《まじま》さんに笑われてしまったかもしんねえし。

ただ見られているだけなのに、体が熱くなってくる。

胸元をもっと見せ……ようと思ったけれど、やめる。

やりすぎる露出は下品になりかねない。モデルとしてのプライドと志乃を誘惑する線引きが、結構難しい。

だけど、そこまでしなくとも。俺が勝手にはじめたこの駆け引きはきっと、おそらく俺が勝つ。

俺がそろそろ我慢の限界を迎えそうってことは……志乃だって同じように、限界が近いはずだから。

俺のドレスのファスナーは背中側にある。脱がせてもらえるのであれば、簡単に脱げる。

「レン」

ファスナーに意識が向いた、一瞬の隙だった。

俺の顔に影が落ちる。顔を上げると、目の前に志乃が立っていた。

「……志乃」

いつもとは感触の違う高級ベッドの上に押し倒された。

俺の真上には、志乃がいる。

この顔は知っている。可愛い彼女が、俺に欲情している、この顔。

……たまらない。この顔を見るだけで、自分の体が喜んでいるのを感じる。

それだけで——彼女を受け入れる準備が、できてしまうほどに。

「……ドレス、皺《しわ》になるんだけど？」

「大丈夫。すぐに脱がすから」

「……はは、やる気満々かよ」

口ではそう言ったけれど、俺自身、志乃に触れてもらえるのをずっと待っていたせいか、志乃の指が耳に触れただけで信じられないくらい感じてしまった。

「ねえ、レン」

耳元でそっと、名前を呼ばれる。

こんな広くて豪華な部屋の、俺と志乃しかいないふたりきりの空間にいるのにもかかわらず、俺にしか聞こえないような、囁《ささや》き声《ごえ》で。

「ここから先は、私しか知らないレンを見せて」

耳から伝わってくる志乃の声に、その言葉に、腰が砕けてしまうかと思った。

なんて甘美な我儘《わがまま》だろう。

俺を求めていることが明確に伝わってくる瞳を真《ま》っ直《す》ぐに向けられて、そんなお願いをされてしまったら。

全身の細胞が色めき立つ。背筋にゾクッとした興奮が走る。

どこで志乃のスイッチが入ったのかはわからないけれど、煽った甲斐《かい》があったと思った。

「志乃に喜んでほしくて」「志乃のために」「志乃が好きそうだから」。

選んだドレスの「志乃のため」という理由は建前で、俺は自分の中にある欲望を隠していた。

このドレスなら……志乃はより強く、俺に欲情してくれるのではないか。早く抱きたくて仕方がなくなるのではないかと、期待していた。

俺はずっとこういう展開になることを、望んでいたから。

「……志乃しか知らない俺って……たとえば、どんな？」

わかっていて意地の悪い質問をすると、志乃の細い指が俺の鎖骨をなぞった。

「……優しく触れたときに、くすぐったそうに唇を結ぶ顔とか」

指が移動して、胸の上に置かれて……先端をくるりと撫《な》でられる。

「あっ」

「声が出ちゃったあとに、ちょっと恥ずかしそうにムスッとする顔とか」

志乃《しの》の指はさらに移動して——俺のドレスの中に滑り込んだ。

そしてあっという間に、俺の一番熱を持つ箇所にたどり着いてしまう。

「う、あんっ」

「……すごく感じているときに見せる、可愛《かわい》すぎる顔とか」

……俺は今日、ダメかもしれない。いつも以上に体が敏感な気がする。

志乃の指先だけじゃない。言葉とか、声、いや……その目で見つめられるだけで、どうにかなってしまいそうだった。

「レンのそういう顔って、私しか知らないと思ってるんだけど……違う？」

志乃は優しく微笑《ほほえ》んだ。……ここで、そんな表情をされてしまったら、もうお手上げ状態だ。

疼《うず》く体を早くなんとかしてほしくて、志乃の手首を摑《つか》んだ。

「ち、違わねえよ。だから……」

さっきうっかり、「たとえば、どんな？」なんて質問をしてしまったことを反省する。

まさかここまで焦らされるとは思っていなかった。

声が掠《かす》れる。目が潤む。

恥とかもう考えられないくらいに、俺は限界だった。

「……焦らすなよ」

志乃は俺の額に唇を落とした。

「うん。可愛いよ、レン」

いつもよりずっと大きくて、ずっと高そうなベッドの上で。

焦らされていたのはどうやらお互い様だったようで、反動からか志乃は俺のことを激しく求めた。

求められて嫌な気持ちになるはずもない俺は、この体で志乃の全部を受け止めようと必死だった。

「レン」

名前を呼ばれるだけで、達しそうになる。

普段とは違うシチュエーションもまた、俺を興奮させているのかもしれない。

「レン……ここは？」

志乃と付き合いはじめてから、何年経《た》っても。

志乃は自分に自信がないせいか、自分のほうが俺への気持ちが強いと思っているところがあるように見える。

――だけど、それは違う。

俺のほうが絶対に、志乃への愛は大きいと思う。

「レン、気持ちいい？」

どれだけ友達がいようとも、皆から人気者と言われても、人の視線を集めることを仕事にしていても。

本当は、志乃ひとりの気持ちさえ向けられていたら、それでいい。

志乃だけが俺を愛してくれるなら、それでいい。

だけど、何度言葉にしてみても、何度肌を重ねても。

俺と志乃という個体が別のものとして存在している限りは、俺の気持ちを余すところなく志乃に伝えることは不可能で。

ときに、それが悔しくて仕方のない夜もあるけれど、それでも……諦めたくはないから。

人間にできる――俺にできる、唯一にして最大の手段を取るしかないのだ。

「……志乃っ……好き、だ……」

百回、千回、一万回――何度だって、俺は志乃にその言葉を告げるのだ。

これから先、志乃が側にいる限り。

「……レン……」

息も絶え絶えな俺の前髪を優しくかき分ける志乃と、目が合った。

上手く言えないけれど、この瞬間。

俺はもしかしたら世界一幸せなんじゃないかって、思った。

「私も好きだよ、レン」

そう言われてキスで唇を塞がれて、今はそれ以上を言えなかったけれど。

俺たちにはまだ、たくさんの時間があるから。

これから先もずっと、俺は大切な恋人に、愛を伝え続けていく。

◆

どれくらいの時間を愛し合っていたのかはもう、曖昧だ。

俺は夢と現実の境界線すらわからなくなるほど志乃に溺れてしまっていたから、客室風《ぶ》呂《ろ》に入れるように準備してくれたのは志乃なのだろう。

お湯の溜《た》まった湯船にざぶんと浸《つ》かると、思わず声が出た。

「……あー……気持ちいいな」

「ふふっ、レンのふにゃけた顔、可愛い」

さっきまで俺が気絶しかけるくらいまで攻め立てていた志乃は、穏やかに微笑んだ。

……このギャップに弱いんだよなー、俺は。

ふたりで入ってもそこそこゆとりのある湯船に、俺と志乃は向かい合って座っている。

足は十分に伸ばせるわけではないけれど、脛《すね》やつま先が志乃にあたって、これはこれでなんだか楽しい。

「あ、あの……レン、ごめんね？　せっかくの高級ホテルなのに、ずっと部屋にいるなんてもったいなかったかも……」

「……バーとかスパとかにも、行ってみたかったってこと？」

「う、うん。私がっていうか、レンが行きたかったかなって……ごめんね」

……俺の彼女はホント、優しいんだけど……変なところを気にするんだよなあ。

謝る志乃の顔に、俺はデコピンの要領でピッとお湯をかけた。

「なに言ってんだ。いろんな施設があるのにあえて部屋にいる選択をしたって考えたら、これ以上ない贅沢《ぜいたく》だろ」

「……そう、なのかなあ？」

まだしゅんとしている志乃に、次は両手でお湯を掬《すく》ってバシャッとかけた。

今日のために完璧にメイクした顔がずぶ濡《ぬ》れになって、志乃は「ふぇえ……」と情けない声を出しながら指で水滴を拭っていた。

「それに、いい思い出になったろ？　こんないいホテルでセックスするなんて、めったにできねえじゃん？」

俺が発した単語で、さっきまでの情事を思い出したのだろうか。

あれだけ俺をめちゃくちゃにしたくせに、志乃は急に照れはじめた。

「そっ……それもそうだね……！　うん、すごく、いい思い出になったよ」

……どうして恥ずかしがるのか謎だわ。まあ、可愛い志乃も俺を攻めるときの志乃も、どっちも大好きなのに変わりはないけどな。

高校生の頃にふたりで日帰りの温泉旅行に行ったこともあるし、志乃の家に泊まったときに一緒に風呂に入ったことも何度もある。

だけど、今日という一日を俺が一生忘れないように。

志乃にも一生、今夜のことを覚えていてほしいと思った。

「……それにしても、どうして急に『どんな風に撮影するの？』なんて聞いてきたんだよ？　カメラもないのにポージングすんの、最初は結構恥ずかったんだけど」

志乃の「見たいな」の一言に従順に従ったけれど、今までそんな風に言われたことはなかったし、今頃になって気になってきた。

……まあ、恥ずかしかったのは最初だけで、途中からは志乃を誘惑するためにむしろ乗り気だったんだが……それはあえて言わないでおくか。

「え、えっとね……」

志乃は湯船の中で手をもじもじとさせて、上目遣いで俺を見た。

「ざ、雑誌やインスタではレンの仕事を見てきたけれど、実際にレンの働いた現場に来たら……頑張ってるんだな、すごいなって実感しちゃって」

「……そう、か」

志乃の言葉は俺の脳と体と、それから……価値観みたいなものに直接伝播《でんぱ》して、俺自身を丸ごと創り変えるみたいな不思議な感覚で包み込んだ。

たとえば、いつだって一生懸命な志乃と比べたら、俺はものすごく向上心を持って真面目に仕事に取り組んできた……とは、言い切れないのかもしれない。

それでも自分に求められている仕事を、確実にこなしてきた自負はあった。

モデルとして求められていることを期待以上のパフォーマンスで返して満足してもらえることに、やりがいを感じはじめてもいた。

だけど今、志乃に俺の仕事を「すごい」だなんて実感してもらえたことに、今までにないほど感動している自分がいた。

実際に見てみたいと思わせるくらいには、俺は〝REN〟として志乃に魅力的に思ってもらえているということだ。

それは、俺のモチベーションを跳ね上げる。

……なんか俺って、自分が思っているよりもずっと、安い女なのかもしれない。

志乃に――好きな人に認めてもらえるだけで、やる気やら元気やらがこんなに湧いて出てくるなんて。

「……レン？　どうしたの？」

「んー？　なんでもねえよ。まあつまり、志乃は俺に惚《ほ》れ直したってことだろ？」

自信たっぷりに笑ってみせると、志乃の頬がぽっと赤くなった。これだってきっと、風呂でのぼせたせいではないだろう。

本当に、可愛い彼女だ。

この先もできればずっと、一緒に生きていきたいと思えるほどに。

「志乃。……また、来ような」

少し先の約束を結び続けることでしか、遠くの未来を確約できないのならば。

何度でも約束をしよう。

いつまでも一緒にいよう。

俺は志乃《しの》を手放す気はないし、志乃もきっと……俺を愛してくれていると、思うから。

「う、うん！　つ、次は私がレンに旅行をプレゼントするから！」

「おー、サンキュな。楽しみにしてる」

今までだってそうやってきたんだ。俺たちならこの先だって、大丈夫だ。

心からそう思えたとき、俺は心身しっかりリラックスできた気がして、湯船の中でぐっと手足を伸ばした。志乃の体にぶつかって、「なあに？」なんて言われながらじゃれ合いがはじまる。

志乃の細い足首を摑《つか》んで、くすぐる。笑い声が可愛《かわい》くてもっといじめたくなったけれど、いつもより張っているふくらはぎのほうが気になった。

高いヒールのせいか？　それとも……。

「志乃、足疲れてねーか？　仕事、相変わらず忙しい？」

授業中は基本的に立ちっぱなしだと聞いているし、体力のない志乃にはキツいところもあるだろうな。

足の裏を指圧してあげると、志乃は気持ちよさそうな顔をした。

「ありがとー。でも、忙しいとは言ってもレンほどじゃないよ？」

「俺からしてみたら志乃のほうが大変に見えるんだよ」

「大変……なのかもしれないけど、楽しいよ。生徒にも同僚の先生たちにも恵まれているし。あとはもっと、私が上手に授業ができたらいいんだけど……頑張らないとだね」

「……いい先生だよなあ、志乃は」

「ぜ、全然いい先生じゃないよ～。よく授業とは関係ないことを話しかけられて授業を中断しちゃうし、生徒に相談されたときも上手にアドバイスできているとは思えないし……まだまだ勉強中だもん」

……めっちゃいい先生じゃねえか。

こんなに可愛くて優しくて生徒想《おも》いの先生、俺たちの高校にはいなかったぞ？

「……お疲れさまでございます～……」

労《ねぎら》いの気持ちを込めて、指圧の力を強くする。

「いたたっ……でも、痛気持ちいいかも……」

「ここが肩でー……ここが、胃！」

「あっ！　いたたたた！」

「志乃は真面目すぎるところがあるから、力抜けるところは適当にサボれよ？　体を壊しちまったら、こうやってデートすることもできなくなるんだからな？」

「うー……それは、嫌かも……」

これは俺のためのお願いでもある。

忙しい毎日の中でも俺は志乃を定期的に補充しないと無理だし、志乃にも体調管理に気をつけてもらわないとな。

「次のデートなんだけどさ、来週の日曜の午後は空いてるか？」

「あ……ご、ごめん。じ、実は生徒……バスケ部のキャプテンの子なんだけどね、その子に誘われて、試合を観に行くことになってて……」

マッサージをしていた俺の手が、止まってしまった。

——恥も外聞もなく、本音を口にすることが許されるならば。

本当は「嫌だ！　日曜は俺とデートしよう！」と、言いたい。

でも志乃は俺が我儘《わがまま》を言ったら、きっと俺を優先するだろう。

それはうれしいんだが……社会人としての、教師としての志乃の立場を考えると……生徒の応援に行ったほうがいいことくらい、俺にだってわかる。

一度ぎゅっと唇を結んで気持ちを押し殺してから、ゆっくりと開いた。

「そっか、わかった。じゃあまた翌週のどこかで予定すり合わせようぜ」

「で、でも、夜だけでもレンに会えたらうれしいな」

「……いや、それだと志乃も疲れてるだろ。俺も会いたいけど志乃は次の日も仕事なんだし、無理すんなよ。俺と志乃はこれから先も何度だってデートができるんだから、その日はバスケ部の応援に専念してやれって」

バスケ部の子にとってはキャプテンとして出場する大会も、志乃が観に来てくれる機会も、最初で最後になるかもしれねえしな。

「れ、レン、ごめんね、ありがとう……！」

「そんな顔されたら何も言えねえって。……それにしても……『志乃ちゃん先生』は、人気者だな？」

「もう～……からかわないでよお」

笑って口にしたけれど、俺の胸の中には薄く靄《もや》がかかっていた。

前からずっと思っていたけれど……もしかしたら俺の想像以上に、志乃ってすっげー生徒から人気のある先生なんじゃね？

っつーか……本人は無自覚だけど、可愛くて、優しくて、歳《とし》の近い教師だろ？

そんなの、生徒からしてみたら最高にドキドキする先生だよな？　絶対、恋愛感情を抱かれたり告白されたりしてるよな⁉

だって俺が高校生のときに志乃が先生だったとしたら……絶対アプローチする。絶対好きになる。絶対夢中になる。

志乃が先生だなんて……生徒たちが死ぬほど羨ましい。

情熱的に告白とかされたら、志乃も心が揺れたりするのか？

……押しに弱いからなあ。心を動かされたりはないとしても、たとえば俺みたいなやつが付きまとっていたりしないよな？　衝動に身を任せた若いやつらに、強引に迫られていたりしないよな？

そう考えはじめたら、無理だった。

不安と嫉妬で、おかしくなりそうになってくる。

「……なあ、志乃」

「ん？」

対面に座る志乃は俺の心境なんて知らず、可愛らしく小首を傾《かし》げた。

俺は湯船の中で立ち上がり、志乃に近づいていく。

「ど、どうしたの？　レン？」

真《ま》っ裸《ぱだか》で迫ったからか。志乃の頬はほんのりと桃色に染まり、双眸《そうぼう》は真正面に立つ俺の体から逸《そ》らされた。

「……散々見て、触って、弄《いじ》ったっていうのに、なんで今更照れるんだよ」

気に食わない。俺から一秒たりとも目を離さないでほしい。

その大きな瞳はずっと俺にだけ向けていればいいのに。

「だ、だって……」

「だって、じゃないって」

志乃の上に向かい合わせになるようにして、座る。

お互い裸だから、肌と肌が直《じか》に触れ合う。

志乃の豊かで柔らかい胸が、俺のものと密着して潰れる。俺たちの間の境界線は、限りなくゼロになっている。

「もう一回、しよ」

「え？　……い、今から？　ここで？」

「今から、ここで」

志乃の返事を待たずにキスをする。

すぐに舌を絡《から》めて、心地よさに没頭するように動く。

不安を感じる前に、余計なことを考える前に、嫉妬でおかしくなる前に。

脳内を志乃で満たしてしまえばいいと思ったから。

「レ、ン……」

そして同時に、志乃の頭の中も俺でいっぱいになればいい。
ふたりだけの世界にいられたら。
それはどれだけ素敵で、どれだけ幸せなんだろう。

モデルの俺と、教師の志乃。
他人と関わらないなんて不可能な仕事をする俺たちの叶《かな》わない願いは、豪華すぎるバスルームの外にすら出られることもなく、湯気に溶けて消えていった。

第三話「たくさんキスをしたら、寒くなくなるのかな」

朝、布団《ふとん》から出るのが辛《つら》い季節だ。

春も夏も秋も、いつだって恋《れん》と一緒にいたいと思う気持ちはずっとあるけれど。

寒さから余計に人肌が恋しい私は——目覚めたときに、恋が隣にいてくれたらなって、前よりも強く思うようになっていた。


暖冬と言われている今年でも、さすがに厚手のコートで出勤しなければならないくらい冷え込む日々になってきた。

「おはようございます」

挨拶をしながら暖房の利《き》いた職員室に足を踏み入れると、すでに出勤されている先生方からちらほらと返事が戻ってくる。

脱いだコートをロッカーにかけてから自席に着席するとき、隣席の大熊《おおくま》先生に「おはようございます」と挨拶をした。

「おはよー。このところすっかり寒くなってきたねー」

大熊先生は上品な微笑《ほほえ》みを湛《たた》えた綺麗《きれい》な顔で、朝の眠気とかダルさなんてどこかへ吹き飛ばしてくれるような、爽やかな「おはよう」を返してくれた。

「ほんと寒いですよね。くま先生は、寒いの苦手なんですか？」

大熊先生は生徒たちから「くま先生」という愛称で呼ばれていて、私もそう呼ばせてもらっている。

英語を担当されているくま先生は、私の二つ年上でこの学校の中では一番年齢が近く、隣席ということもあってよく話をする仲だった。

「寒いのも暑いのも苦手だから、日本で生活するの向いてないいんだよね。でも十二月は寒いし忙しいけど、特別感があって好き。クリスマスとか、大晦日《おおみそか》とか」

「あ、ちょっとわかります。……というか、もう十二月なんですよね……私、つい先日就任の挨拶をしたと思ったのですが……この一年、なんだかあっという間でした」

「年とると一年がもっと早く感じるよー。あたしなんて、先週お花見に行ったと思ったらもうクリスマスだもん」

「ふふ、またそういう大袈裟《おおげさ》なこと言って。くま先生は私と二歳しか変わらないじゃないですか」

「この二歳差は大きいのー。志乃《しの》ちゃん先生も二十五になればわかるって」

くま先生が柔らかく微笑むから、つられて頬が緩んだ。

私は幸運なことに、職場環境にとても恵まれているほうだと思う。

新卒で入ったこの学校では皆が年上かつ先輩になるわけだけど、校長先生も教科主任も、事務のパートのおばさまも、いつもあわあわと業務に追われる私にとても優しく接してくれる。

「あ、そうそう。志乃ちゃん先生がこの間気にしてたウチの生徒から話を聞いてみたよ。詳しい内容は内緒なんだけど、進路のことでご両親と揉《も》めているらしくて……今度、時間とってもう少し話を聞くことになった。気づいてくれてありがとね」

くま先生が言う〝ウチの生徒〟とは、くま先生が担任しているクラスの明るくて元気な女生徒のことだ。

私の授業中にも積極的に発言する子だったけれど、最近はどこか上の空であることが多くて気になっていた。

私が声をかけてみても「何もないよ、大丈夫！」と笑って答えるだけだったけれど……くま先生に相談してみてよかった。彼女もくま先生になら、悩みを打ち明ける気になったのだろう。

教師としての自分の力不足には少し落ち込むけれど、生徒の状況が少しでも改善するほうが大切だ。

「そうだったんですね。わざわざ報告してくださって、ありがとうございます。生徒にとって良い方向に進めばいいですね」

「うん。あたしが気づかないようなことを志乃ちゃん先生はいつも気づいてくれるから、すっごくありがたいよ。また何かあったら言ってくれると助かるな」

優しいくま先生の言葉に、私の心はふわっと軽くなった。

「は、はい！　あ、ありがとうございます！」

良い人ばかりの同僚の先生たちの中でも、私はくま先生に一番、教師としての憧れを抱いている。

清廉で上品なオーラを纏《まと》い、穏やかな笑顔が魅力的なくま先生。

男子生徒からも女子生徒からも人気がある外見もさることながら、優しくて生徒想《おも》いで気配りのできるその内面は、それ以上に素敵なのだ。

「くま先生って、生徒からすごく好かれていますよね。羨ましいです」

素直に思ったままのことを伝えると、くま先生は一瞬キョトンとしてから、笑って私の肩を叩《たた》いた。

「志乃ちゃん先生には言われたくないって！　だって、志乃ちゃん先生のほうがずっと人気者じゃん？　いつも生徒に囲まれてるしさ！」

「わ、私は人気があるっていうか、生徒たちから教師っぽいと思われていないだけでして……」

「え？　なんで自分を卑下しちゃうの？　この間のバスケ部の試合も、頼まれて応援行ったんだって？」

「は、はい。バスケ部の皆、すごく頑張っていて感動しちゃいました！　試合も接戦でラスト一分からの逆転勝利でしたから、とっても盛り上がったんですよ！」

バスケの試合を観に行ったのは初めてで少し緊張したけれど、本当に面白かった。実力が拮抗《きっこう》した好ゲームだったことも大きいとは思うけれど、第四クォーターは観ているほうもハラハラドキドキして、心臓が破裂して倒れてしまいそうだった。

「あたしはね、顧問でもないのに休日に生徒の応援行っちゃう志乃ちゃん先生ってすごいなって思ったし、『志乃ちゃん先生に応援してほしい』って生徒に思わせるくらいに、魅力的な先生なんだなとも思ったよ」

「そ……そんな褒めても、なにも出ませんよお～……」

憧れのくま先生に真《ま》っ直《す》ぐな瞳を向けられて褒められると、恐れ多くて顔が熱くなってくる。

まだまだ努力しなきゃいけないことがたくさんあるのに、浮かれてしまいそう……！

「お世辞で褒めてるわけじゃないからね。まあでも、今の時代って働き方改革とかでがむしゃらに働けばいいってものでもないし……抜けるところは適当に、力抜きなね？」

その言葉を聞いて――私は、恋を思い出した。

先日『リンク・ハミルトンホテル』に宿泊したとき、恋にも同じようなことを言われたっけ。

……うん、気をつけないといけないな。

もし私に何かあったら、恋が悲しむって言ってたし。

「あ、今……恋人のこと考えてたでしょ？」

「ふえっ⁉」

突然、顔を覗《のぞ》き込まれて指摘されてギクッとした。

「えっと、ですね。べ、別にそういうワケでは……！」

咄嗟《とっさ》に否定しようと思ったものの……たぶん、今の反応でバレバレだろうから手遅れだよね……？

っていうか、くま先生って……人の心が読めたりするの⁉

「あはは、今度は『なんで心が読まれているの……⁉』あたりかな？」

「えええ⁉　な、なんでわかるんですか……？」

混乱する私を見て笑っているくま先生は、なんだか楽しそうだった。

……すごく綺麗な顔で、私をからかってくるところもちょっと……恋に似てるかも。

「さあ？　なんでだろうね？　ほら、そろそろ朝の準備しよ？」

答えをくれることのないまま、くま先生がパソコンに視線を移す。

「あ、はい！　すみません、お邪魔しました！」

気づけばもうそんな時間になっていた。

そろそろ朝礼がはじまるし、今日は一時間目から授業があるからちゃんと準備をしておかないと。

立ち上げたパソコンで一週間分のタスクを確認して、一度だけ息を吐く。

一年の仕事の流れをわかっていない新卒の私は、十二月の教師ってこんなに仕事が多いんだって驚かされてばかりだ。

自分が高校生だった頃はもちろん知らなかったし、理解しようともしていなかったけれど……先生たちって大変だったんだなあって、四年越しに知ることになるなんて。

今日も、確実に残業になることが朝一からわかる。

担任を任されていない私ですらこんなに忙しいのなら、担任を持っている先生はもっと大変だし、三年生の担任なんてもっともっと大変なんだよね。

——だったら私が弱音なんて、吐いていられないよね。

気合いを入れて一度背伸びをしてから、スケジュール表に入れてある『十九時』からの予定に目を落とす。

それに今夜は、ほんのわずかな時間だけど……恋に会える。

予定だけで元気を貰《もら》えた私は、少しでも早く今日の仕事を終わらせようとやる気になった。

◇

私も恋も、ここ最近はずっと多忙だ。

それでも、忙しさの合間を縫うように。私と恋はすれ違いや寂しさ対策と称して、たとえ短い時間でもなるべく、直接会うことを心掛けていた。

「これ、美味《うま》いかも」

私と恋《れん》は今、都心のコーヒーショップで冬の新作を試している。

新作が出るたびにふたりで飲んで感想を共有するデートは、高校生の頃からずっと続けている私たちの習慣の一つでもあった。

「こ、こっちの期間限定のも美味《おい》しいよ。……飲む？」

「お、サンキュ」

カップを差し出すと、恋の顔が近づいてきてストローを咥《くわ》えた。

……今のも、昔から何度もやってきた定番のやり取りになるんだけど……慣れているはず、なんだけど……。

今でも私は、間接キスをしただけでこんなにドキドキする。

……キスも、それ以上のことも何度もしているのに。

「はは、変わんないな志乃は。……今日はセックスできない日なんだから、あんまり興奮すんなよ？」

「れ、レン⁉　しーっ！」

慌てて恋の口を手で塞ごうとしたものの、恋は「大丈夫だって」とケロッとした顔をしていた。

「で、でも……だ、誰かに聞かれたら、ど、どうするの……!?」

「聞こえるわけねえって。皆他人のことなんか気にしねえんだから。ほら、周りを見てみろって」

顔を上げて、不自然にならないように周りの様子を窺《うかが》う。……確かに皆、パソコンを開いたりスマホを触っていたり、イヤホンをしている人も多かった。

「で、でも！　レンはただでさえ目立つし、モデルさんなんだから、もう少し気をつけたほうがいいと思う……」

「そこまで気にしなくてもいいと思うけどな……」

対面に座る恋に手招きされ、顔を近づけると耳元で囁《ささや》かれた。

「じゃあ、小声で言うわ。……次に会ったときには、抱いてくれよな」

その言葉と耳にかかる吐息で、私の体温は一気に上昇する。

うろたえる私が見たくてエッチなことを言っているって意図はわかるのに、私はしっかりと耳まで熱くなってしまった。

「もう！　れ、レン〜……！」

「なんだよ。予約入れただけじゃん」

可愛《かわい》くてかっこいい確信犯は、ニヤリと満足そうに笑った。

ていた。

老若男女《ろうにゃくなんにょ》いろんな人が入り混じる騒がしい店内の、広いとは言えないスペースで。

恋と向かい合って座ってお喋《しゃべ》りをしながら私は、なんだかずっと幸せな気持ちに包まれていた。

この間はすごく高級なホテルで夢みたいな一日を過ごしたけれど、こういう普通のデートもやっぱり大好き。

というか恋と一緒なら、私はどこでだって笑顔になれるんだって実感する。

「……なんだよ、志乃《しの》。ニコニコしちゃって。サンドウィッチがそんなに美味いか？」

「えへへ。楽しいよ」

「あ？　……美味いかって、聞いたんだけど」

小首を傾《かし》げる恋を見ながらサンドウィッチを頬張っていたら、すごく元気を貰えた気がする。明日からも仕事、頑張ろっと！

「あんま時間ないけど、ここ出たらどこか寄りたい店とかあるか？」

「あ、ううん。特にないけど、でも……まだ帰りたくはないなーって、思ってる……」

なぜか恋は私をじっと見つめて、小さな溜息《ためいき》を吐《つ》いた。

「……え？　れ、レンは早めに帰りたかった……？」

「いや……逆。志乃のこと帰したくなくなっちまって、困ってるとこ」

手を握られて、思わず隣の男の人を見る。

……一瞬、こっちを見たけれど、すぐに視線を逸《そ》らしてくれた。紳士的な人でよかった
……！

紳士にあまり気を遣わせないためにも、私は急いで最後の一口を飲み込んだ。

「そ、そろそろ出よっか。歩きながら考えよ」

「ん、わかった」

そう言って席を立った恋は私の手を離さないまま歩きはじめたから、私たちは手を繋《つな》いで街を歩くことになった。

恋と手を繋ぐのは好きだけど、今日はいつもより人目が気になった。

都心だし人がいっぱいいるし、恋は人気急上昇中のモデルなのに、大丈夫なのかなあ……？　これって、事務所NGとかになるのかも？

……私が男じゃないから、問題ないのかな？

ぐるぐると考えながら歩いていると、アクセサリーショップの前を通りかかった。

クリスマスが近いからか、閉店時間が近いのにもかかわらず、店内はものすごく混雑していた。

なんとなく店を見ていると、恋に尋ねられた。

「志乃の学校ってさあ、教師ってアクセ禁止だっけ？」

「ううん、そんなことないよ。あんまり華美なものは自粛する感じだけど、人それぞれっていうか」

そう答えながら、私はくま先生のことを思い出していた。

くま先生はウチの学校で一番オシャレな教師だと思っている。

ブランドのブレスレットとピアスは毎日着けていて、どれもご本人にとてもよく似合っている。女子生徒たちからも「かわいいー！」とか、「私もそういうの欲しいー！」なんてよく言われているし。

くま先生を基準として考えると……アクセサリーは着けないしネイルもやらない私は、やっぱり地味なんだと思う。

「志乃」

名前を呼ばれて、ハッとした。一瞬、恋から意識が逸れていた。

「あ、ごめんねレン。ちょっと、考え事してた」

「ふーん……俺といるときに、他のやつのこと考えるの禁止な？」

握られる手の力が強くなって、少し痛いくらいだった。

……今の話の流れからすると、アクセサリーのことを考えていたって思うのが普通だと思うんだけど……恋はどうして「他のやつ」って言ったんだろう？

あ、もしかして私また、心の中を読まれてる⁉　恋といい、くま先生といい……私の周りの人たちは超能力者ばっかりなの？

疑問に思いながらアクセサリーショップの前を通り過ぎようとして……足を止めた。

そうすると、私と手を繋いでいる恋も歩を止めるしかなくなる。

「なんだ？　店、入るか？」

「う、うん。ちょっと、見たいなって……」

おずおずと要望を伝えると、恋に強引に引っ張られて誘導された。

「なに遠慮してんだよ。ほら、入ろうぜ」

ショーケースの中にたくさんの貴金属が並べられている店内は、高校生のときのクリスマスに入った雑貨屋さんとは、客層もお値段も少し違っていた。

大人になりたての……まさに私たちみたいな二十代をメインターゲットにしているお店のようだった。

「き、綺麗《きれい》だねー……れ、レンは今、アクセサリーだったら何が欲しい？」

そう尋ねつつ、私はちらりと恋の首元を見た。

私が高校生のときに恋にプレゼントしたチョーカーはまだ、恋の首元を飾っている。

……恋はモデルだし、社会人だし、もっといいものを身に着けてもいいと思うのに。

私からのプレゼントをずっと大事にしてくれる気持ちが、うれしい。

クリスマスか、一月にやってくる恋の誕生日か……また何かプレゼントをしたいなあと思ったのだ。

「んー……すぐに思い浮かばねえかも。あ、でも。志乃が選んでくれるものだったら、その辺のゴミでも喜ぶけどな」

ニヤニヤしている恋の顔を見て、私の企《たくら》みはすでにバレていることを悟る。

「……ご、ゴミはあげないもん！」

「前にも言ったろ？　俺へのプレゼントを考えているときって、志乃の頭の中には俺しかいないから最高だって。だから今日も、時間のことは気にしないでいいからな」

「あ……ありがと、レン」

よかった。ゆっくり選んでもいいみたい……じゃなくて！　だからなんで私の考えていることってすぐにバレちゃうの⁉

恋は気にしないでいいと言ってくれたとはいえ、閉店間際《まぎわ》だし時間は限られている。いろんなブランドを取り扱っているらしいこの店内を、私は慎重に見て回った。

「レンが撮影で使うアクセサリーって、高いのが多いの……？」

「スタイリストさんの私物を使ったりもするから、一概にそうとは言えないけどな」

「そっ……そっか。ごめんね、私あんまりアクセサリーって詳しくなくて」

それに、雑誌やインスタを見るときは恋の顔ばかり見ていて、肝心のコーディネートはあんまり見てないし……。

「いや、別に謝ることじゃねえだろ。ブレスレットも指輪も、志乃は細身のデザインが似合いそうだな」

恋は近くにあったゴールドのチェーンブレスレットを手に取った。

「そ、そうかな？　レンは、どんなものでも似合いそうだよね」

私は近くにあったオニキスのピアスを手に取って、恋の耳に当てるようにかざした。うん、絶対似合う。

「あ、結構好きだわ。……あのさ、志乃が欲しいのって、」

「あ、あの！」

声を張り上げて恋の言葉を遮ったのは、私じゃない。

声の主のほうに視線を送ると、高校生くらいの女の子二人組が、どこか緊張した面持ちで立っていた。

恋の知り合いかなと思ってちらりと見ると、恋も完全に私と同じことを考えていたのか、私の反応を見て「?」という顔をしていた。

「あ、あの！　もしかして、RENですか⁉」

——あ、そっか。ようやく、ピンときた。

この子たち、RENのファンなんだ。

私は、咄嗟《とっさ》に繋いでいた手を離した。突然宙に放り出された手に気づいた恋《れん》の目が、抗議するかのように私に向けられる。

悪いことなんて別にしていないはずなのに。恋のためを思っての行動だったのに。

なぜか罪悪感を覚えた私は、恋から視線を逸らしてしまった。

声をかけてきた女の子たちは、私たちの刹那のやり取りなんて気にも留めていないようだった。恋のことしか見えていない彼女たちのキラキラした瞳を受け止めながら、恋は余所《よそ》行きの綺麗な笑顔を向けた。

「うん、そうだよ」

女の子たちはワッと声を上げて、興奮を隠そうとしなかった。

「わー！『あれ、RENじゃね?』って思って、お店入るのも声かけるのも緊張したんですけど、勇気出してよかったあ！　本物やばい！　ウチら、雑誌もインスタもめっちゃ見てます！」

「うわ、顔ちっちゃ！　細っ！　可愛《かわい》すぎませんｌ⁉」

「そう？　ありがと。うれしい」

爽やかな笑顔を貼りつけたまま、恋は女の子たちに右手を差し出した。

彼女たちはキャーッとさらに一段階興奮レベルを上げたみたいで、恋の手を両手でとって握手している。

隣で様子を見ている私でも、恋の対応に惚《ほ》れてしまいそうになる。

ってことは……実際にこの笑顔で手を握られた女の子たちはきっともう、恋のことが頭から離れなくなってしまうだろうなあ……。

「あ、ありがとうございます！　ウチらこれからも、ずっとRENのこと推していきます！　応援していますから！」

「サンキュ。もう遅いし、気をつけて帰ってね」

満足そうに去っていく彼女たちに笑って手を振っていた恋は、姿が見えなくなったあたりで、ふっと体から力を抜いた。

「……ごめんな、志乃。デート中なのにな」

「う、ううん！　っていうか、なんか、私も興奮してるかも！　すごいねえ、レン！　芸能人みたいだね！」

「大袈裟《おおげさ》だろ。でもまあ、応援してもらえるのはありがたいよな」

恋はなんだか冷静だった。

恋は昔からいろんな人の視線を集めて、黄色い声を上げられるタイプだったから慣れているのかとも思ったけれど、だけどなんか……あの頃とも違う反応だ。

……もしかして？

「……レンって、あんな風に声をかけられることって、結構あるの？」

「まあ、最近はわりと増えたかな」

恋があまりにもしれっと答えるものだから、私のほうがリアクションが大きくなってしまう。

「えー!? そ、そうなんだあ……び、ビックリ……」

大袈裟ではなく、恋は本当に人の注目を浴び続けることが仕事の〝芸能人〟なのだと実感した。

そんな人が私なんかと一緒にいるところだったり……手を繋いでいるところなんて見られたりしても、大丈夫なのだろうか？　さっきの子たちは恋しか見えていなかったみたいだから問題ないとは思うけど……。

「おい、志乃」

声をかけられて顔を上げると、再び恋に手を握られた。

「そんな顔すんなって。不安になったか？」

「へ？　え、えっと……」

「なにも変わんねえから心配いらねーよ。俺は志乃《しの》が好きだし、志乃も俺が好き。誰にもなんも言わせねえし」

「……あ……ありがと」

自分の頬が熱くなるのを感じた。

普段は私をからかったり煽《あお》ってきてばかりの恋だけど、こうやって私が不安なときはいつも真《ま》っ直《す》ぐな瞳と言葉で、私を安心させようとしてくれる。

私は恋のこういうところが、大好きだ。

「あ、でもね。私ね、レンが浮気《うわき》するとかは思ってないからね？」

「……ん？」

小首を傾《かし》げる恋の頭上にクエスチョンマークが見えた気がして、補足する。

「えっと、そういう心配をしてるわけじゃなくてね。わ、私が一緒にいることで、レンのイメージが悪くなっちゃうのが、嫌なだけ」

恋は小さく溜息《ためいき》を吐《つ》いた。

「……そういうことか」

「う、うん。だって私地味だし、面白味もないし、レンの隣にいるのが相応《ふさわ》しくないって思われそうだし……」

「それこそ心配いらねえよ。志乃はさあ、もうちょっと自分のこと客観的に見たほうがいいんじゃね？」

繋《つな》いでいる手とは反対の手で、恋は頭を掻《か》いた。

「ご、ごめん。それって、どういう意味？」

「言葉通りの意味だよ。っつーか……志乃はやっぱ、そうなんだな」

恋がなんだか拗《す》ねたような顔をしている理由が、私にはわからなかった。


店を出る頃には、いよいよ帰らなきゃならない時間になっていた。

「バイクだったらもう少し一緒にいられたんだけどな。次のデートはバイクで送迎するわ」

「い、いいよ、レンに悪いもん。……そ、それに……電車だったら、レンの顔を見て話せるからうれしいし」

「……そんな可愛いこと言われるとさ、やっぱ帰したくなくなるんだけど」

デートが遅くなった日には、優しい恋はいつも私を家まで送っていってくれる。電車の中だから私は抱きつきたくなる衝動を必死に堪《こら》えた。

恋は高校を卒業してから、普通自動二輪免許をとった。

私は全くバイクの種類っていうか、デザイン？　がわからないけれど、恋のバイクは黒くて大きくてかっこいい。

そして……運転しているときの恋は、それ以上にかっこいい。

最初は「バイクって転んだら危ないよ！」って心配していた私だけど……恋がバイクを運転している姿が似合いすぎているせいで、今は恋がバイクに乗ってきてくれるたびにときめいている。

ふたりでお喋《しゃべ》りしながら歩いていたら、あっという間に私のマンションの前に到着してしまった。

まだまだ一緒にいたかったけれど、社会人として明日のことを考えなければいけない。

私たちの時間は……限られているから。

「レン、送ってくれてありがとう」

「おう。体冷えているだろうから、すぐに風呂《ふろ》に入んねえと風邪引くぞ」

そう言って右手の手袋を脱いだ恋が、私の頬に触れる。

……もっと、触れてほしいな。

キスしたいけど、ここだとやっぱり、ダメかな？　ご近所さんに見られたらちょっと気まずいもんね。うう、でも……。

「ふはっ、志乃さー……考えていることが顔に出すぎだろ」

恋が私の顔を見ながら笑う。

「……え？　え⁉」

「志乃がいいなら、キス、するけど」

元々、したくて仕方がなかった。恋に触れられて見つめられたら……私が「しない」なんて選択肢を選べるはずもなくて。

「わ、私から、する。……レン、目……瞑《つぶ》って」

ふっと笑ってから従順に目を瞑った恋の唇に、優しく触れるだけのキスをする。

唇を離しても恋の目は開かない。……もう一回って、ことなのかな？

もう一度触れると、柔らかさを感じるより先に恋の唇が開かれて、もっと深くまでいいよと招かれる。少しだけなら大丈夫だよねと自分に都合よく解釈をしながら、温かさと気持ちよさを求めて、侵入していく。

少しだけ、少しだけ。

……そう、思っていたのに。

「……レン」

「……んっ……」

名前を呼ぶと、あからさまに反応がよくなる恋が、可愛くて。

私が舌を引っ込めようとすると追いかけてくる恋が、愛《いと》しくて。

離れたくない。もっと触れたい。帰りたくない。

自分よがりな私の我儘《わがまま》を注意するかのように、誰かの話し声が近づいてきた。ハッとなった私は慌てて恋から離れた。

カップルがふたり、談笑しながら私たちの横を通り過ぎていく。

彼らの声が遠くなるまで、私と恋は見つめ合っていた。

恋の頬が紅潮しているように……私の顔もきっと、火照《ほて》って赤くなっているに違いない。

再び訪れた静寂の中で、私たちはどちらからともなく息を吐いた。

「……続きってわけにも、いかねえか」

「う、うん……すごく、名残惜しいけど……」

明日の仕事。誰かに見られる可能性。

それから……歯止めが利《き》かなくなってしまったらどうしようという、不安。

これらの理由を考えると、今日はここまでにしておくのが最善手だと思った。

「……じゃ、俺行くわ。家に着いたら、連絡する」

「き、気をつけて帰ってね」

「ん。じゃあ、またな」

そう言って恋《れん》が、私から離れていってしまう。

恋とのキスは大好きだし、許されるならいつだってしたいけれど……問題もある。

今日の夜はどうしたって悶々《もんもん》としてしまうことが、確定してしまった。

私は中途半端《ちゅうとはんぱ》に熱を持ってしまった体を持て余しながら、恋の姿が見えなくなるまで煩悩《ぼんのう》を振り払うかのように手を振り続けた。

◇

「おはようございます」

翌朝。出勤した私は、いつものように隣席のくま先生に挨拶をした。

「おはよ、志乃ちゃん先生」

恋と行ったアクセサリーショップを思い出して、朝から綺麗《きれい》なくま先生を改めて意識して見てみた。

シンプルだけど高級感のあるブレスレットと可愛《かわい》いネイルが先生の手元を華やかにさせていて……ベージュのスカートスーツに、首元からちらりと覗《のぞ》くプラチナのネックレスがとてもよく似合っている。

うーん……やっぱり、くま先生は華やかだなあ。

「なあに～？　志乃ちゃん先生から熱い視線を感じるぞ～？」

しまった、見すぎちゃった。ニヤニヤしているくま先生に、慌てて言い訳を試みる。

「ご、ごめんなさい……！　た、ただ見ていただけで、他意があるわけではないんです……！」

「えー？　じゃあどうしてあたしのこと見てたの？」

「えっと、その……今日も素敵だなって、思って……」

正直すぎたかもしれないけれど、下手な嘘《うそ》を吐くのは余計におかしいよね？

キモいって思われるかなあ……？　おそるおそる顔を上げると、くま先生は目を瞬《しばたた》かせていた。

「……志乃ちゃん先生って、あたしのこと口説いてる？」

「えええ⁉　そ、そんなコトないです！」

「あはは、ごめん、からかいすぎた。冗談だよ～」

朗らかな笑顔に安堵《あんど》する。

でも、社会人として気をつけないといけないかも。相手をじっと観察するみたいに見るなんて失礼だし、もし今のがくま先生じゃなくて悪い人相手だったら、も、もしかしてカツアゲとかされちゃったかもしれないし……！

「どしたの？　なんで青くなってるの？」

妄想の中で不良に絡《から》まれていた私は、くま先生に助けてもらった。

……もっとしっかりしないといけないよね、私。


待ちに待った金曜日がやって来た。

明日が休みだからというよりも、今夜は恋に会えるからという理由のほうが大きい。

今日も相変わらず朝から忙しいけれど、夜は恋と夕食を食べに行く予定がある。

だから一日をいつも以上に頑張れる気がする。……やっぱり生徒には「何かいいことでもあるの？」なんて、勘繰られてしまったけれど。

三時間目が終わり、昼休みが終わり、六時間目が終わり、放課後に少しだけ生徒と雑談をして、業務をこなして――。

「お、お疲れ様でしたー……」

まだ残業している先生たちに頭を下げながら、職員室を出た。

腕時計を確認する。定時に帰るのはやっぱり無理だったけれど、恋と待ち合わせの約束をしている十九時までにはなんとか間に合うだろう。

一回家に帰って、着替えて……これからの動きをシミュレーションしていると、校門付近が騒がしいことに気がついた。

靴を履き替えて外に出る。騒がしい理由は、女生徒たちがたくさん集まっているせいみたいだった。女の子特有の黄色い声が、夕方の住宅エリアに響いている。

これは……近隣住民の皆さまから、苦情がきてしまうかもしれない。

そう懸念《けねん》した私は生徒たちに注意をするために、人だかりのほうへ歩を進める。

だんだんと近づいていくと、生徒のひとりに声をかけられた。

「あれ、志乃《しの》ちゃん先生？　まだ学校にいたんだ。おつー」

「うん、お仕事が残ってたからね。そ、それより、この人だかりの理由を教えてもらってもいい？」

「いいけど、先生は知ってるかなあ？　やっぱ、直接見たほうが早いかも！」

何がなんだかわからないまま、人だかりの中心に案内される。

そして、輪の中にいた彼女を目にした瞬間――私は心臓が止まりそうになってしまった。

「れっ、れれれれ、レン⁉」

そこには愛車である黒いバイクを背に、たくさんの女生徒たちに囲まれている私の恋人がいたからだ。

「な、なんで？　どうしてここに？」

動揺しまくる私とは対照的に、私の姿を認めた恋は、ものすごく爽やかな笑顔で手を上げた。

「よ、志乃！　待ってた」

その言葉と笑顔に、周りにいた女生徒たちが一斉に黄色い声を上げた。

な、なんだろう……恋に対する、この反応……なんだかまるで、恋のファンみたいっていうか……あ、そっか！

「み、皆、レンのこと知ってるの？」

「当たり前じゃん！　うちらの世代、ＲＥＮに憧れてる子めっちゃ多いし！」

やっぱりそうだ。生徒たちはモデルとして活躍している〝ＲＥＮ〟のファンなんだ。

憧れているRENが急に学校の前に現れたら、そりゃ、興奮するよね。

この間アクセサリーショップで恋に声をかけてきた女の子たちも、同じような顔してたもん。

「っていうかREN、生で見るとホント美人！　顔ちっちゃい〜！」

だよね？　美人だし、可愛いし、かっこいいよね⁉

……って、本当なら私も生徒たちと一緒にキャーキャー言って騒ぎたい。

でも、今は教師として振る舞わないと。

RENと私が付き合っていることは、恋と私の立場を考えたら、この子たちの前では絶対に隠さないと！

「レンに会えてうれしいのはわかったから、声のボリュームをもう少し抑えてね。近隣の皆さまのご迷惑になるからね」

やんわりと注意をすると、皆素直に「はーい」と言って従ってくれたけど……私の力っていうより、RENに嫌われたくないって気持ちのほうが強いんだろうなあ……。

うん、恋ってやっぱり、すごい。

純粋な気持ちで、生徒たち相手に笑顔で対応している恋を見ていると、

「志乃ちゃん先生とRENって、どういう関係なんですか？」

生徒のひとりが弾んだ声で、素朴な質問をぶつけてきた。

それはきっと、皆がいつ聞こうかタイミングを見計らっていた質問で。

好奇心に溢《あふ》れた生徒たちの視線が、質問を受けた私に一斉に向けられる。

普段教壇の上に立っているとはいえ、授業とは違う。元々注目されるのに不慣れな私は、おろおろと戸惑ってしまう。

「あ、えーっと……レンとは高校が一緒で……」

「えー⁉ すごーい！ 羨まし〜！」

高校が一緒、と言っただけで生徒たちはびっくりするくらい盛り上がった。

「高校生のときのRENってモテた？」とか「志乃ちゃん先生とRENってどこで遊んでたの？」など、質問は矢継ぎ早に飛んでくる。

早くこの騒ぎを収束させないと。

「ま、待って、静かにしないとダメだよ。……えっと、それでね」

私は強引に質問を遮ってから、

「れ、レンと私は、ともだ……」

——友達なんだ、と言うつもりだった。でも、言えなかった。

言い終わる前に、私の頭に赤いヘルメットが被《かぶ》せられたからだ。

「……ふぇ？」

この赤いヘルメットは恋が用意してくれた、なんと私専用のヘルメットなのだ。プレゼントしてもらったときはすごくうれしくて……じゃなくて！

恋は今、一体、何を考えているの……？

フルフェイスのヘルメットは耳まで覆われるから、生徒たちの声が少し遠くなる。

だけど私の至近距離にいる恋の声は、しっかりと聞こえた。

「こいつは、俺のだから」

……恋⁉　生徒たちの前で、な、ななな、何言ってるの⁉

ヘルメットのおかげで生徒たちに顔を見られずに済んでよかった。

動揺と混乱で、私の顔は今、教師としてあるまじきものになっていると思う。

遠くなったと思っていた生徒たちの黄色い声が、爆音で耳に届けられる。それだけ皆が大きな声を出しているのだろう。

「れ、レン？　ど、どうして？」

「志乃、乗って」

心臓をバクバクさせながらも従うと、恋《れん》も黒いヘルメットを被った。

「じゃあな、皆。志乃ちゃん先生のこと頼んだぞー」

恋は生徒たちにそう言って、キャーッという黄色い歓声を背に私をバイクの後ろに乗せて走り出した。

ゆっくりとスピードを上げていくバイクから振り落とされないように、私はしっかりと恋の腰に手を回す。

……生徒たちへの注意、意味なかったな。

明日は届いているであろう苦情への対応措置を覚悟しようと思った。


今日は私の家と恋の家の中間駅近くにあるファミリーレストランで食事をしようと予定していたけれど、一旦コンビニに立ち寄った。

ホットコーヒーを買って、バイクを停《と》めた駐車場でふたりで飲んだ。

冷えた空気の中で湯気がしっかりと目に見える。バイクに乗ると体が凍ってしまうくらい、今日は一段と冷え込んでいる。

後ろで恋にしがみついていただけの私ですら震えているのだから、運転している恋はどれだけ寒いのだろう。

コーヒーを持っていないほうの恋の手を取ると、やっぱりすごく冷たかった。

「寒い？」

「寒い。でも今、あったかくなった」

見つめられて手を摩《さす》られると、私の体温は急上昇した気がした。

「ね、レン……大丈夫かなあ？　生徒たちの前で、あんなこと言っちゃって……」

「あんなことって？」

「え……っと。こ、『こいつは俺のだから』……って……」

恋に言われてときめいた言葉は、自分で口にしてみてもすごく顔が熱くなる。

「だって、事実じゃん？　それとも〝志乃ちゃん先生〟は、生徒の前で嘘《うそ》を吐《つ》く先生なのか？」

「うー……イジワルだよ……」

「……志乃は、俺と付き合っていることが生徒にバレたら困るのか？」

「こ……困るわけじゃ、ないけど……」

社会人になったばかりのときに、ふたりで話し合って決めたルールのうちの一つ。

恋はモデルで、私は教師。

お互いの仕事に何かの影響があるといけないから、ごく親しい人や信頼できる人を除いては、私たちが付き合っていることは公にはしないという話をしていた。

生徒たちのことは大好きだけど、彼女たちに私と恋の関係を話すのは……まだ、早い気がする。だからこそさっきは「絶対に隠さないと」と思って、振る舞った。

でも、隠すことで恋が辛《つら》い想《おも》いをしたりするなら……どうしても言いたいなら、そのほうがいいのかな……？

「……いや、冗談。志乃をそんなに悩ませるつもりはなかった。ごめん」

握られた手に、ぎゅっと力が込められた。

「さっきの俺の言葉だって、あの子たちも本気にしちゃいねえよ。俺のファンサくらいにしか捉えてないから、心配すんなって」

私の考えすぎだったのかな？　恋は穏やかに微笑《ほほえ》んで、私の顔を覗《のぞ》き込んだ。

「わ、私は心配してないよ。それにしても、レンってやっぱり、女子高生にすごく人気なモデルさんなんだね！」

「……あー、まあ一応、十代をターゲットにした雑誌にも出てるからな」

「すごいね！　レンに人気があるのってうれしい。もっともっといろんな人にレンのことを好きになってもらいたいな」

もちろん、私が世界で一番恋のことを好きだって自信はあるけれど。

私が恋のことを好きで応援したいと思う気持ちを、たくさんの人にも抱いてほしい。

恋の魅力をより広く深く知ってもらいたい。

私は〝白雪恋《しらゆき》〟の彼女であり、ファッションモデル〝ＲＥＮ〟の大ファンだから。

「……志乃《しの》はさ、高校のとき『レンがいろんな人から好かれているのうれしいから、ヤキモチは妬《や》かない』って言ったの、覚えてるか？」

「覚えてるよ。でも、どうして？」

「それは今も、変わんねえの？」

「う、うん。むしろ今のレンはモデルさんだし、もっといろんな人から好かれてほしいなって思ってるくらいだよ？」

それに、私は皆が知らない恋をいっぱい知っているから、妬かない。

これも高校生のときから変わらない私の考え方なんだけど……恋に話したこともあるし、伝わっているよね？

「……ふーん……そーかよ」

……なんだか恋は私の言葉が気に入らなかったみたいで、その声色は普段よりも暗かった。

「なあ、志乃。今から行き先、変更してもいいか？」

「え？　ど、どこに？」

「んー、走りながら考える。でも、ちょっと遠くまで」

「ちょ、ちょっと遠くって……？」

「まあ、今日中に帰れるところ。俺に任せてくれるか？」

そう言って恋に見つめられたときに、私は断れた例《ためし》がないけれど。

今日の恋にはなんだか儚《はかな》げというか、このまま放っておいてはいけない、できるだけ近くにいなければいけないとすら思わされる力があった。

「わ、わかった。レンに、任せるね」

元々、恋と一緒なら行き先はどこでもよかった。

空になったホットコーヒーの容器を捨てて、私たちは再びバイクに乗って走り出す。

手を回している恋の腰は、折れてしまいそうなくらい華奢《きゃしゃ》で。

陽が落ちた冬の暗闇に恋が消えてしまうような不安に駆られて、私はとにかくぎゅっと彼女を抱き締めて、離さないし離れない気持ちを背中から伝え続けた。

◇

海浜公園にやって来た私たちは、震え上がっていた。

「そ、想像以上に寒いねえ～……！」

「わ、悪い……冬の海をちょっと舐《な》めてたかもしれねえ……！」

海からの冷たい風は私たちの体を容赦なく凍らせにかかってくる。厚着をしているとはいえ、ただじっとしていたら体は冷えていくばかりだ。

少しでも体を温かくするために、私と恋はふたりで肩を並べて歩いた。

「で、でも寒いから、全然人いなくていいね！　静かだし！」

平日、陽の落ちた海浜公園に人気《ひとけ》はほとんどない。

以前に来たときは五月の日曜日だったからか、家族連れやカップルでとても混んでいた。同じ場所に来ているはずなのに、別世界だと思えるほどだ。

「まあ、そう言ってもらえると助かる。こんな寒い思いさせちまって、ちょっと責任感じてたからさ」

恋が申し訳なさそうな顔をするから、私は胸が痛くなった。

「そんなこと言わないで。私はレンと一緒に海を見ることができて、ほんとにうれしいんだよ？」

「……おう、サンキュ」

気のせいかな。なんだか、恋の様子がいつもと違う気がする。

僅かに抱いた違和感の理由を見つけるより先に、恋が言う。

「志乃、寒いけどあの辺に座ろうぜ。ちょっと疲れた」

たぶん、学生のときだったら恋は、海により近い砂浜に座ろうと提案してきたはずだ。

だけど今は私が仕事帰りでオフィスカジュアルな服装をしているからだろう。服を汚してしまうことを懸念《けねん》してか、海から少し離れたベンチを指差した。

「う、うん！」

何気ない言動で、私たちが社会人だということを自覚させられる。

ベンチの上にそのまま座ろうとする恋のお尻の下にハンカチを敷くと、恋は「志乃って感じだわ」とくしゃっと笑って、ハンカチを私のほうにやった。

海を見ている私たちに吹きつける風から少しでもお互いを守るために、私たちはぴったりと密着して肩を寄せる。

私の右側と、恋の左側。コート越しでも触れている部分が温かくて、さらに恋にくっつきたくなる。

「なんだよ。甘えんぼだな」

からかうように言って、恋が肩に手を回してきた。

恋の手に私の手を重ねる。私たちの体温が、だんだんと一つに混じっていく。

胸の中に「もっと」の感情が湧いてきてしまった私は、周りをちらりと見回して誰もいないことを確認してから、思う存分恋に抱きついた。

「珍しいじゃん。いつもは外だと人目を気にするのに」

「えへへ、人も少ないし、暗くてほとんど見えないし、いいかなって」

恋の肩に頭を乗せる。

シャンプーと、恋の、首筋の匂い。

せり上がってくる。恋にもっと触れて一つになりたいという、欲が。

「……志乃」

目と目が合って、意図を察する。恋の綺麗《きれい》な顔が近づいてくる。

唇が触れて、恋がゆっくりと離れる。

吐息がかかるような近い距離で、再び見つめ合う。

——なんだか上手《うま》く言えないけれど、この瞬間。

世界には私と恋《れん》のふたりしか存在していないような、多幸感と寂寥感《せきりょうかん》があった。

「外でキスをするのも、社会人になってから……ずいぶん減ったよね」

「……そうだな。オトナのジジョーってやつがあるからな」

そう、今の私たちには、人目を気にしなければならない事情も、守るべきルールもあるから。

「今日は、たくさんしても……いいの？」

「いいぞ」

断言されてキスをする。恋の首元のチョーカーが、月明かりに反射して光る。

「どうして？」

「……今日はなんかさ、付き合っていること……皆に言いたくなったから」

そう言って、また唇が触れる。

「……わかってるよ。俺は一応モデルだし、志乃は教師だし、あんまり俺たちの関係を口外しないほうがいいってことは。そういうルールも決めたしな。……でも、今は誰も見ていないだろ？」

周囲には誰もいないし、見える範囲にまばらにいる人たちはそれぞれジョギングしていたり、海を見ていたりして、私たちのことなんて見ていない。

「だから……もっと、」

恋が言い終わるのを待たずに、私からキスをする。

だけど私は、すでに触れるだけでは満足できなくて。

恋の唇をそっと舌でなぞると、私のお願いを受け入れてくれた恋が、悪戯《いたずら》っぽく少しだけ舌を出してくる。

私はそれに品性も理性も忘れて吸いついて、一心に私たちの境界線を溶かしていった。

寒すぎる外気温は、私と恋がキスをするたびに荒くなる息を白く染める。

外でするキスがうれしくて目を開けていた私は、白い世界も、恋の顔がどんどん色気を増していく様子も、しっかりと視界に捉えていた。

究極の選択だった。

官能的な恋の顔をこのままずっと見ていたい気持ちと、目を瞑《つぶ》ってこの気持ちよさをより深く感じたいという気持ち、両立不可能な二つを抱えて贅沢《ぜいたく》に悩む。

「……レン」

一度唇を離すと、恋は名残惜しそうに私を見た。

「……足んねえ」

そう呟《つぶや》いて、恋が私の首に手を回す。

可愛《かわい》い彼女の要望にすぐ応えてあげたい気持ちを抑えて、額に、頬に、ゆっくりと唇を触れさせる。

「冷たくなっちゃってるね。まだここにいても、大丈夫？」

「まあ、な。てか、寒いのは志乃もだろ」

いくらキスで体温が上がりつつあっても、それ以上に海風が強いせいでどうしたって体は冷える。もし恋が風邪を引いてしまったら大変だ。

「……もっともっとたくさんキスをしたら、体温が上がって寒くなくなるのかな？」

私の欲を察してくれたのか、恋が優しく口角を上げる。

「……試してみるか？」

そうやって煽《あお》るような目でおねだりされたら、ストッパーは容易《たやす》く外れるわけで。

そのまま首にも唇を落として、軽く舌でなぞってから服で隠れる筋のあたりを吸おうとして……私の大人としての思考回路が、黄信号を点滅させた。

――この白い首に、赤い痕を残したい。

私の恋人なんだってことを、証明したい。

急に動きを止めた私を見て、恋は優しく頭を撫《な》でた。

「痕、つけたいのか？」

「……うん」

「……ごめんな。今日は難しいわ」

「……うん。私のほうこそ、ごめんね？　前にふたりで、約束したのにね」

だけど、その願いは叶《かな》わない。

恋がモデルとして活動している限りは、どんな風に撮影されても対応できるように、撮影の予定が直近で入っているときは資本である体にキスマークはつけないと、私たちはルールを定めていた。

幼稚な欲望を体の中に押しとどめて、私はそっと恋から体を離した。

恋もきっと、私と同じ気持ちでいてくれたのだと思う。私の手をぎゅっと握った。

「……成人して、社会人になったら、もっと自由になれると思っていたけど……なんか、昔より縛られている気がするよな」

「レン……」

名前を呼んで、寂しそうなその顔を見つめると、恋はふっと笑った。

「悪い、らしくねえこと言ったわ。冬の海っていうシチュエーションのせいかもな」

「レンって結構、ロマンティックなところあるもんね」

別にからかうつもりなんてなかったのに、恋はちょっぴり恥ずかしかったのか顔を赤らめた。

「う、うるせー！　そういうこと言う志乃《しの》にはお仕置きだ、こら！」

恋の手が私の耳に触れた。

私が「冷たい！」とリアクションするのを期待していたみたいだけれど、恋の指先よりも私の耳のほうが冷たかったせいで、数秒の沈黙の後で笑みが零《こぼ》れた。

「えへへ、残念でした。恋の手、あったかくて気持ちいいよ」

「……志乃の耳、凍って千切れるんじゃねえか？」

ふてくされたように唇を尖《とが》らせながらも、恋は私の耳を温めようとゆっくりと丁寧に摩《さす》ってくれた。

その行為は、その優しさは、私の心をくすぐるには十分だった。

「……レン」

そうして、私が再び顔を近づけた瞬間——冷たい突風が吹いた。

すべてを凍らせるみたいな強い風を体に受けて、私たちは顔を見合わせ——お互い、何が言いたいのか悟った。

「……あったかい場所であったかい飲み物でも、飲むか」

「そ、そうだね。か、風邪引いちゃったら大変だしね」

「んじゃ、帰るか」

先に立ち上がった恋は私に手を差し伸べてくれた。

「ありがと、レン」

私はその手を取って、お姫様のように立たせてもらった。

家に着くまでがデートだってことを、恋はいつも感じさせてくれる。

「よし、行くぞ。帰りの運転、ヤバそうだなー」

自然に繋《つな》いだままの手を、私たちはどちらからも離すことはなかった。

少し前——都心で人がたくさんいるときは、どうしても人の目を気にしてしまったけれど……今は、いいよね？

ローファーがパンプスに変わっても。

メイクして夜に出歩いていても。

今だけはあの頃の——高校生のときのように。

シチュエーションは全く違うけれど……繋いだ恋の手のひらの感触だけは、昔と同じだった。

ふと、尋ねてみたくなった。

「……あ、あのね。レンは……昔のままでいられたらよかったって思うこと、ある？」

恋は少しだけ間を置いてから、かぶりを振った。

「……ないな。今も昔も志乃が隣にいるし。何も変わんねえしな」

「何も変わらない」と言う恋の言葉に無理があることは、私にもわかっている。

そしてそれを、恋だって十分に理解していることも。

少しだけ、後ろを振り返る。

砂浜の上を歩く私たちの後ろには、ふたり分の足跡がついていた。

そう、私たちふたりには、積み重ねてきた思い出がたくさんある。

だけど、思い出は振り返るだけで……決して、未来の保証材料にはならないということを、二十三歳の私はもう、知っているから。

「ご……ごめんね、レン」

恋に答えを求めてしまった自分の幼さを恥じた。

「謝るなよ。……なあ、志乃」

「なあに？」

恋の瞳に吸い込まれる。握られた手への力が、強くなった。

「好きだぞ」

「……私も、大好き」

「ん。知ってるけどな」

「それでも言わせて。レン。好きだよ」

「好き」の言葉の交わし合いで。

甘さよりも喜びよりも、切なさが先に込み上げてくるのは、初めてだった。

幕間　キスマーク禁止令

季節は少し遡って、今年の春の話です。

私、早乙女《さおとめ》志乃も高校教師として都立高校に赴任してから、一ヵ月弱が経《た》ちました。

毎日とっても忙しいし覚えることもたくさんあって、正直、へとへとです。

ゴールデンウィークがこんなにも待ち遠しいのは、生まれて初めてかもしれません。


大型連休、初日。つまり、待ちに待った恋《れん》とのデートの日がやってきた。

「疲れているときに人に会いたくなるのは、陽キャなんだってさ」

可愛くてかっこいい恋人にそう指摘された私は、目を瞬《しばた》かせた。

「え……？　そ、それは当たってないよお……だって、私が陽キャなわけないもん」

「そうか？　毎日へとへとなのに俺に会いたかったんだろ？」

恋はベッドの上でうつ伏せになって寝転がっていて、私は腰掛けながらお喋《しゃべ》りをしていた。だから上目遣いで微笑《ほほえ》まれる形になって、思わずドキッとさせられる。

この家には、私たち以外誰もいない。親が仕事で不在、というわけでもない。

社会人になって、私は一人暮らしをはじめた。

家具も食器も新調したばかりの私の部屋に来る恋を見るのは新鮮で、それから……ものすごく、胸が高鳴る。

「でも……疲れているときに会いたいのは、レンだけだもん……」

「お前って、ほんと可愛いやつだよな」

近づいてきた恋に腰回りをぎゅっと抱き締められた。恋がくっついている箇所から、ふわーっと疲労が抜けていくようだった。

「どうだ？　元気出た？」

「……出た」

「はは、よかった」

そう言ってニコッと笑う恋に、きゅんとする。

こんなかっこいい女の子が私の彼女だなんて、付き合いはじめてから何年も経っているのにまだ信じられないときがある。

「れ、レンのほうは、どう？　ここ最近、撮影が増えているみたいだけど……」

「おう、余裕……と言いたいとこなんだが……やべえ、超脚いてえわ」

バタバタとさせる長い脚に目をやると、恋の細いふくらはぎがいつもよりも張っているように見えた。

「だ、大丈夫？　昨日の撮影なんて外で半日以上も立ちっぱなしだったんでしょ？　た、大変なんだね……」

恋の髪の毛を、よしよしと撫《な》でる。

「きつかった。それに、俺がいろんなところでもたついたせいで、スタッフの人たちに迷惑かけちまった」

「そ、そういうこともあるよ。げ、元気出して？」

恋がモデルとしての仕事をスタートさせてから二年ほど経つけれど、最近人気に火が点《つ》いてきた恋は、目に見えて忙しくなっている。

恋が言うには、私が社会人として働きはじめてから仕事に対してのモチベに影響を受けている……ってことだけど、私の存在が恋にとってプラスになってくれているのなら、すごくうれしいなと思う。

「レンは頑張ってるよ。大丈夫。次はもっと上手《うま》くできるからね」

私が思っている以上にモデルの仕事は大変そうだけど、恋なら絶対大丈夫だと私は信じて疑っていない。

「……サンキュ。志乃の言葉が一番励まされるわ」

落ち着いた声音でそう言われて、私のほうが元気を貰《もら》ってしまった。ダメダメ！　私が恋を元気にしてあげたいのに！

私が恋のためにできることって、何があるかなあ？

ファッションについてアドバイス……？　で、できる気がしないよ。

SNSを使って恋の魅力をアピール……？　もっと無理だよお～！

いろいろと考えを巡らせながら恋のふくらはぎを軽く揉《も》んであげると、「あー、いいわー」と気持ちよさそうな声が聞けた。

——これだ！

思っていたよりマッサージを喜んでもらえたことがうれしかった私は、恋の脚にちゃんと向き合って、両手を使って指圧をしてみた。

足首のほうから、膝の裏近くまで、少しずつ上がっていくように。

あんまりやったことがないから自分が上手だとは思わないけれど、恋は相当に疲れているのか、あるいは私に気を遣っているのか、

「めちゃくちゃ気持ちいー……」

明るく、蕩《とろ》けそうな声色で褒めてくれた。

その声か、単語か。何に私の琴線が刺激されたのかは自分でもわからないけれど、単純でエッチな私はドキドキしてしまった。

純度一〇〇%、恋への労《いたわ》りの気持ちではじめたマッサージだったはずなのに。

ショートパンツを穿《は》いている恋の細くて形のいい長い脚が、視覚と触感で私の欲望を目覚めさせてしまう。

「そ、そっかあー……レンに喜んでもらえて、うれしいな」

なんて口では言いながらも、私はどんどん違うことばかりを考えてしまっている。

……恋は疲れているだろうけれど、このまま健全なマッサージだけではもう私の気持ちは抑えられない。

「あ、あのね……」

お伺いを立てるために太ももにまで指を這《は》わせると、恋の体がビクンと跳ねた。

「……こら。なんだ、その手は」

そう言いつつも恋の声色は穏やかだったし、それに……口元は笑っていた。

私の希望がかなり含まれた解釈になるけれど……この先を、許してくれるってことでいいんだよね?

「……いい？」

一応、事前確認を取る。本気で嫌がられたら、やめるつもりだ。

……うん、我ながらすっごく信用できない……。

「ダメだって言ったら？」

「う……泣きながら我慢する」

あんまり自信はないけれど。

「じゃあ、いいっていったら？」

「……レンの筋肉痛が、悪化すると思う」

「はは、上等じゃん」

白い歯を見せた恋は、私の大好きな瞳を向けて挑発的に言う。

「いいぜ、好きにしろよ」

ごくりと唾を飲み込んで、うつ伏せのまま動かない恋に視線を落とす。

触れる許可を得た瞬間に、私の中の箍《たが》というものは外れている。

恋の背中に被《かぶ》さるように抱きついた。

「……なあ。めちゃくちゃ当たるんだけど」

「……レン、好きでしょ。私の……おっぱい」

わざと耳元で囁《ささや》くと、恋の耳が赤くなった。可愛《かわい》いなあ。可愛い。

「体、起こすね」

恋の脇の下に手を入れて体を持ち上げる。ベッドの上に座らせてから、私は恋の後ろに回り込んだ。

華奢《きゃしゃ》な体を私の腕の中に収めて、ぎゅっと抱き締める。

こうしているだけでも十分幸せなんだけど、欲張りな私はもちろん、それ以上を望んでしまうわけで。

「……触るね」

後ろから前に手を伸ばして恋の胸を両手で摑《つか》むと、

「んっ」

可愛い反応を見せてくれた。

——もっと、もっとそういう声が聞きたい。

強弱をつけたり先端だけ触り方を変えると、恋の反応は著しく変化する。

恋が興奮して気持ちよくなってくれるということは、私が気持ちよくなることと同義だ。

うなじに唇を這わせ、舐《な》め上げてから吸いつこうとしたそのとき、

「そ、それは……ダメだ」

突然、お預けを食らってしまった。

「えっ？」

断られる理由がわからなくて、動揺する。

今まで禁止されたことなんてないのに、どうして？　もしかして……今まで考えたこともなかったけれど……見せたくない人ができた、とか？

「待て待て……そんな青い顔すんな。ちげえよ」

私の不安は、よっぽど顔に出ていたのだと思う。

恋は体勢を変えて私の顔を真正面から見つめながら、

「明後日《あさって》も撮影だから、痕はつけらんねえってこと。この間の痕がさ、間島《まじま》さんに見つかって注意されちまって。……ごめんな？」

まるで子どもに言い聞かせるように、優しい声色でそう言った。

「あ……そっか。そ、そうだよね……」

納得するしかない、筋の通った理由だ。私は笑顔でその理由を受け入れ……た、つもりだった。

恋は昔から人気があるし、男の子からも女の子からもすごくモテていた。

だから恋の魅力をもっと知ってもらえる機会がぐっと増えるモデルという職業に就いた

恋《れん》を応援しているし、恋に人気が出てほしいって心から思ってる。

でも……キスマークがつけられないと聞いて、ものすごくショックを受けている私がいた。

恋は人気者だけど、恋の恋人は私だけ。

だからきっと無意識に、それを証明するかのように、キスマークはよくつけてきた。

今は、学生のときとは違う。恋はプロのモデルとして働いていて、しかも人気なんだもん。頑張っているんだもん。

撮影に支障をきたす行動を起こしちゃいけない。

……恋人なのに、恋の足を引っ張っちゃいけないよね。

「……ご、ごめんね……お、お仕事だったら、しょうがないよね……」

私も恋に謝った。……恋に気を遣わせないようにできるだけ明るい声を出したつもりだったのに、私がショックを受けていることは筒抜け状態だった。

「……あからさまにしゅんとすんなよ。お前の頭に、ペタンってなった犬の耳が見えた気がしたじゃねえか」

恋は私の頭に耳が生えていないか、確かめるかのように撫で回してくる。

「は、生えてないもん～……」

「そんなに嫌だったのか？」

「う……うん。で、でも……嫌っていうより、レンの仕事のことを考えられなかったほうが、私的にはショックかも……」

「どういうこと？」

「え、えっとね……だ、ダメなんだあ、私……」

話しているうちに、目頭が熱くなってきた。

「レンがモデルやるって聞いたときはすごくうれしかったし、人気が出てきたのも心から喜んでるんだよ？　一番に応援しているつもりだったのに……私、レンのこと、全然考えられてなかった……」

恋が忙しくなるのは予想していたし、会えない時間が増えることも想定内だった。

ただ……キスマークがダメだなんて、予想外すぎるよ～……！

「なんか、すっげー志乃《しの》って感じ」

そう言って、恋は私の頭を撫でていた手をそのまま頬に添えた。

「め、めんどくさいってこと……？」

「違うって。……だからその、なんつーか……」

恋はちょっとだけ照れくさそうに私から目を逸《そ》らして、ボソッと言った。

「……あー……まあ、む……胸とかなら、撮影にも影響ねーんじゃね？」

予想していなかった突然の許可に、私は目を瞬かせた。

「え⁉　ほ、ほんとに？　いいの……？」

「まあ、たぶん。胸だったらブラで隠れるし、そこまで見られることもねえだろうし、大丈夫だろ」

私は私が思う以上に、喜んでいるらしかった。頭の中はもう、それしか考えられなくなっているほどだ。

「じゃ、じゃあ……つけるね」

早速押し倒して服を捲《めく》ろうとした私を見て、恋は笑っていた。

「こら待て、がっつくなよ」

「だ、だって……レンがいいって……」

「ダメとは言ってないだろ？　……痕つけんなら、もうちょっと雰囲気を大事にしてくんね？」

少し顔を赤らめながらそう言う恋が、たまらなく可愛い。

口に出すと否定されるけど、恋はやっぱり、すごく乙女だと思う。

それも……とってもえっちな、乙女。

「うん……ごめんね、レン」

優しく、優しく、まずは頰へのキスからはじまったセックスは——目的と手段がわからなくなった後で目にした赤いそれは、私をとても幸せな気持ちにさせた。

◆

俺ってつくづく、志乃に甘いよなって思う。

でも、しょうがなくね？　あんな可愛い顔でものすごく申し訳なさそうに我儘《わがまま》とか言われたらさ、誰だって「まあ、いいか」ってなるよな？

「REN、ちょっと動かないでね」

働きはじめてから二年が経《た》ったとはいえ、モデルの仕事にはまだ慣れているとは言えない。こうやって撮影前にスタイリストさんが服を直してくれるのだって、未《いま》だに少し緊張しているくらいだ。

それでもまあ、場数をこなしていくうちに上手《うま》く振る舞えることも増えてきた。仕事自体はわりと楽しいし、この先も続けられそうではある。

なんて、思っていた矢先のことだった。

「んー、ちょっとブラのサイズが合ってないかも。測り直すね」

スタイリストさんがサラッと言った言葉に、俺は激しく動揺した。

「え⁉　な、なんで⁉」

「ブラのサイズとか色が合ってないと、トップスに影響出ちゃうからさ。すぐ終わるし、普通にやることだから恥ずかしがらないでねー」

「いや、ちょっ、待っ……」

俺の許可を得るなんて頭にないのか、スタイリストさんは素早くブラを外していく。

文句を言うのが正しいのかどうかすらわからない俺の胸は、あっという間にスタイリストさんの前に晒《さら》され、

「……あら？」

志乃が執拗《しつよう》に吸った赤い痕を、しっかりと見られてしまった。


そのときの様子を近くで見ていた間島さんからは、後でこってりと絞られた。

「気・を・つ・け・な・さ・い」

古い喩《たと》えだけど、頭から角が生えているようにも見える。……この間の志乃には犬耳が

生えているように見えたから、可愛さにえらい違いがあるな。

「ちょっと、聞いてるの⁉」

「……聞いてるよ。ごめんなさい」

「RENはプロのモデルなの。プロっていうのは、お金を貰《もら》って仕事をしている人のこと。仮に今日か、明日か……急遽《きゅうきょ》水着の撮影が入ったらどうするの？　水着は選べないのよ？　胸元がガッツリ開いたものだったら、RENには頼めない。仕事が一個なくなるの！　わかる？」

鬼の形相とは、まさにこのことだ。間島さんにこんなに叱られたのは、初めてかもしんねえ。

「モデルは自分自身が商品であり、どんな形で撮られるのかわからないの！　自分がプロなんだって意識して行動しなさい！　いいわね？」

「……はい」

とんとん拍子でモデルになって、食わせてもらっているわけだけど……俺の行動一つで迷惑がかかる人がいるのは嫌だな。

SNSとかの反応を見ていると、それなりにファンも増えてきたみたいだし……そういう人たちを落胆させるのも、本意じゃねえ。

プロ意識を持って撮影に臨まなくちゃなんねえな。

でも……志乃、「やっぱりキスマークはダメだ」なんて言ったらガッカリするんだろうなあ……つけるの好きだしなー、あいつ。

次に会うとき、志乃になんて言おうかと考えると、気分が滅入《めい》った。

◆

翌週末、ショッピングを楽しんでから志乃の家にやって来た俺は、言うタイミングをずっと見計らっていた。

「……レン……い、いいかな……?」

志乃の瞳がじっと、俺を見つめている。

ふたりっきりの家でベッドの上で体をくっつけて座っていたら、自然にそういう流れになるわけで。

——ここだ！　と思った。言うなら今しかない。

「待て。先に俺から言っておかなきゃならねえことがある」

澄んだ瞳を俺に向ける志乃を見て、胸が痛くなる。

しょんぼりされるのは目に見えているとはいえ、「キスマーク禁止」を回りくどい言い方で伝える方法なんてないわけで。

結局のところ、ストレートに言うしかなかった。

「あのさ、この間はいいって言ったけど、やっぱ、痕つけんのは禁止な」

「えっ、えええ……!?」

ガーン、なんて文字が志乃の背後に見える。

これがテレビの収録だったら、1カメ、2カメ、3カメ全部の映像が流されていたくらいの素晴らしいリアクションだった。

……なんて、わかりやすいショックの受け方なんだろう。

むしろ、わざとか？　俺が罪悪感で撤回することを待って……って、志乃はそんなタイプじゃねえか。

「ごめんな。一回いいって言ったんだけど、撮影のときにちょっと問題があってさ」

「あ、ううん、気にしないで！　そうだよね、しょうがないよね……」

口ではそう言っているけど、志乃の表情はどんよりしていた。

「なんだよ、納得いかない顔してんな」

「そっ、そんなことない、よ！　私、レンのことを思えば我慢できるもん！」

「ほんとは嫌だろ？　志乃、俺に痕つけんの好きなのにな？」

そう言って胸元をはだけさせると、志乃の視線をしっかりと感じた。下手な嘘《うそ》で俺を誤魔化そうとしている志乃を、少し懲らしめたくなったのだ。

「れ、レン……わざとやってる……？」

「俺はいつだって真剣だけど？　キスマークってさー、俺はシてるときにつけられるのも、こうやってイチャついているときにつけられるのも、無意識だろうなって感じに吸われんのも、好きなんだよなー」

「そ……う、なんだ……」

志乃の頬はだんだんと紅潮しはじめて、目が泳いだ。……もう少しだけイジめても、いいよな？

この後ちゃんと、〝ご褒美《ほうび》〟をあげるつもりだし。

「ああ。だから辛《つら》いのは志乃だけじゃなくて俺もなんだ。……俺だって、志乃からの印が欲しいんだよ」

はだけた胸を志乃に見せつけるように近づくと、志乃の顔は真っ赤になった。

「か……からかわないでよお……」

胸がきゅんとする。この顔が見たかったんだよ。

ヤバい。可愛《かわい》い。俺の彼女、超可愛い！

「……ねえ、レン。私ってすごく、子どもっぽいかもしれない……」

「……どこが？　こんなでっかいおっぱいしてるのに？」

志乃《しの》の大きな胸に触れると、頬を膨らませた。この顔も、可愛い。

「そ、そういう意味じゃないもん！」

「この間、お前が言ってきたんじゃん。『私のおっぱい好きでしょ？』って」

「……そうだけど」

「このおっぱいを触りたい男子生徒とか、めちゃくちゃいるんだろうな。……やべえ、ムカついてきた。俺のものなのに」

想像しただけで腹が立つ。サラシとかでぐるぐるに巻いてやれば隠せるか？　それともフルフェイスのヘルメットを被《かぶ》せて顔を隠せば……って。バカか、俺は。

「そ、そんな風に思う生徒いるかな……？」

「いないわけねえじゃん」

でも、俺よりも志乃のほうがもっと酷《ひど》い。

なんでこんなに、自分の魅力に無自覚なんだ？

「で、でも……そういう風な目で見てくる生徒が、いたとしても……」

志乃の目がちらりと、俺に向けられる。

「触ったり吸ったり、好きにしていいのは……レンだけだよ」

……なんでこんなに、志乃ってば、こう……俺のスイッチを入れてくるんだろうな。

襲い掛かってしまいたくなる気持ちをぐっと堪《こら》えて、あとでしっかり抱いてもらおうと決意して、話を戻す。

「当たり前だろ？　……で？　なんで子どもっぽいって思ったんだよ？」

「だ、だって……キスマーク禁止って言われると、ますますつけたくなっちゃうんだもん……」

「は？　それだけで子どもっぽいって？　厳しくね？」

そんなん言ったら、さっきの俺の嫉妬もかなりガキじゃん。

首を傾《かし》げる俺に、志乃はなんだか泣きそうな顔で呟《つぶや》いた。

「でも、私は高校の先生なんだよ？　……こんな私が本当に、子どもたちに教えてもいいのかなあ？　これからも先生、やっていけるかなあ……？」

「……真面目すぎかよ……」

志乃が不安がっている根本的な理由は、そこか。

俺からしてみたら志乃が不安になるような要素は（俺の嫉妬を除いて）、何一つないっていうのに。

優しくて、思いやりがあって、思い込みが激しいところがある俺の恋人は、生徒たちのことを考えてどうやら自信をなくしているらしい。

「まだ五月だぞ？　社会人になって二ヵ月も経《た》ってねえじゃん。自信がないって弱音吐くのは早すぎるだろ」

肩を引き寄せて、志乃の頭を撫《な》でた。

「志乃は生徒から好かれる先生になるって。絶対」

「……どうして、そう思うの？」

「俺が好きな女だからな。皆からも好かれるんだよ」

「ふふっ……ありがと」

「慰めるつもりで言ってねえよ。事実を言っただけだ」

人気が出たらそれはそれで、俺が妬《や》く未来は確定だけどな。

これを言うとまたややこしくなりそうだから、今は口を閉ざしておく。

志乃はどこかスッキリしたような表情で、スマホのスケジュールアプリを開いた。

「レンのおかげで、月曜日からもまた頑張れそうだよ。次は、いつ会えるかなあ……？お仕事のスケジュール、決まってる？　この間聞いたときから予定に変更ない？」

「あ、ああ……ちょっと確認する」

「ありがと。あのね、この間実家から美味《おい》しい紅茶お裾分けしてもらったから、レンにもあげるね。むしろお母さんがレンに飲んでほしいみたいで、～」

紅茶と母親の話を聞きながら、俺もスマホを取り出してアプリを開いて……頭上に疑問符が浮かんだ。

……あれ？　もしかしてこれ、帰る流れになってね？

……ん？　まさか、今日はヤる感じじゃ……ない⁉

ずっと疼《うず》いている俺が焦《あせ》っている間にも、志乃は穏やかな声色で話を進めている。

「紅茶、キッチンに置いてあるからとってくるね」

腰を浮かせた志乃の手を摑《つか》んで、上目遣いで見つめた。

「……あのさ、志乃」

……キスマーク禁止で志乃のヤる気が消沈してしまったっていうなら、俺にだって考えがある。

「レン？」

摑んだ手を離さないまま、ベッドに座り直した。

「……次の仕事なんだけどさ。来週の金曜日までは、撮影ないんだよな」

「……え？」

志乃は小首を傾げた。俺も言葉足らずだけど、志乃も察しが悪いと思う。

「つまり、その……今日は好きなところにつけていいぞって、言ってんの」

だから、ちゃんとストレートに伝えてやらねえと。俺が自分の首筋を指差すと、志乃の目がパッと輝いた。

「……ほ、ほんと？」

「ああ。ここで嘘ついて志乃を絶望させるほど、極悪人じゃねえよ。さすがに一週間近くあれば痕も消えるだろうし」

元々、今日はつけてもいいと提案するつもりではいた。

俺だって、志乃のしょんぼりした顔はあんま見たくねえし……痕つけられんのも、別に嫌いじゃねえっていうか……むしろ、好きだし。

「どれくらい、いいの？」

「今日は志乃の好きにされてやるよ。意地悪しちまったしな」

そう言って俺は志乃に顔を近づける。キスで志乃への「ごめんな」を伝えて、そっと唇を離す。触れるだけ、いや、吐息がかかるだけでもう、気持ちいい。

「あと……キスマーク禁止とセックス禁止はイコールじゃねえからな。そこだけは覚えておけよ？」

「う、うん！　覚えておくね！」

素直で可愛い彼女に抱き締められると、ふわっとした髪の毛からいい匂いがした。髪の毛が頬と首に触れて、くすぐったい。

「……やっぱ、でっかい犬みたいだな」

「そ、そんなことないもん」

「可愛いって意味だよ」

「……なら、いいのかな？」

よしよしと頭を撫でてやると、ふふっと笑った志乃の唇が首筋に触れた。

「……ん」

最初は軽く。少ししてすぐに、強めに吸われる。

一つ、二つと数は増えていく。まるで「私のものだ」とアピールするかのように、志乃は強い意志をもって痕をつけているように思う。

ゾクゾクする。

志乃から所有権を主張されることに。俺が志乃の女なのだと実感させられるたびに。

「……よし、ついた」

満足そうに言って、志乃が首を舐《な》める。犬って喩《たと》えもあながち間違いじゃねえな。

ん？　っていうか……首？

「——待て。ここだと撮影どころか、日常生活にも支障が出るじゃねえか！」

急いで鏡を確認する。……完全に、アウトだろこれ。

「ご、ごめんねレン！　す、好きにしていいって言われたからつい！　どこにつけてもいいのかと思って……」

「いや、そうは言っても……まあ、いいか。確かに言ったし、首筋を指差したのも俺だしな」

別に志乃を責めるつもりはない。

ただ、俺たちはこれからも付き合っていくわけだから、お互いのためにもわかりやすいルールは必要になってくるかもしれない。

「よし、志乃。ルールを決めようぜ。撮影のスケジュールを見て、俺が痕をつけていい日を伝えるから、そのときはつけていい。だけど、目に見えるところはダメだ。社会人だからな。それでいいか？」

ベッドの上に正座した志乃が、こくりと頷《うなず》いた。

「……うん、わかった」

「俺も偉そうなこと言えねえけどさ。社会人としての振る舞いだとか、常識だとか……めんどくせえけど、これからふたりで学んでいこうな」

「うん。私、レンと一緒に、大人になりたい」

志乃の手が伸びてきて、俺の手をとった。……志乃の願いは、俺の願いでもある。

ふたり分の願いならきっと、神様も叶《かな》えやすいだろ。

「……好きだぞ、志乃」

俺たちは自然に顔を寄せ合って、キスをした。ある意味誓いのキスみたいなものだった。

「あ、あのね、キスマークについて確認なんだけど……普通に生活して、見えないところだったら……今日は、どこでもつけていいんだよね？」

「まあ、そういうことだな」

上機嫌の俺が志乃の膝の上にころんと寝転がると、クスッと笑われた。

「レンは私のことを犬っぽいって言うけど、レンは猫みたいだよね」

「あ？　前に買い物しているときにも言われたことあるけど……それ言うタイミングか？」

ムッとしているときの横顔が、猫に似ていると言われたことがあるけれど……なんで、今？

「うん。顔とか表情の感じもそうなんだけど、気まぐれに見えて、すぐに甘えてくるところとか。この辺のシルエットとか」

顎の下あたりを撫でられた。

「……って、おい。完全に猫扱いじゃねえか」

「レンにゃん、かわいいねえ～」

ふざけて笑いながら俺を触りまくる志乃《しの》の太ももを、猫らしく爪で軽く引っ掻《か》いた。

猫……ネコ、ねえ。

志乃はそういう意味を知っていて言ってるんだろうか？

まあ、たぶん思ったことを口にしただけで他意はなさそうだけどな。

「そんなことよりさあ、志乃」

グイッと腕を引っ張って、抱き寄せる。

「今日はキスマークをつけるだけで、いいのか？」

上目遣いで尋ねると志乃はブンブンと顔を横に振って、

「よ、よくない……！」

躊躇《ためら》いながらも確固たる意志をもって、俺を押し倒してきた。

「はは、だよな。そうこなくっちゃな」

それ以降の俺の軽口は全部、志乃の唇と指によって塞がれることになった。

「今日はつけてもいい」なんて許可を出したものだから、ずっと我慢してきたであろう志乃の欲望が俺の体のいたるところにぶつけられた。

ただ、決めたばかりのルールを従順に守って、志乃は首だとか太もも――つまり俺の服で隠れなさそうなところには痕を残さなかった。

自分でルールだとかなんとか偉そうなことを言い出しておきながら、それを志乃がしっかりと守っているということが、俺は少し不満だった。

本当に志乃の理性が飛んでいるならば、ダメと言われた場所にも痕をつけてくるはず――そう、思ったから。

自分でも矛盾しているとは思ったけれど、やがて俺の思考は志乃との行為に飲み込まれて、何も考えられなくなっていった。

◆

志乃と散々体を重ねたデートも終わり、自宅に帰ってきた俺は風呂《ふろ》に入ろうとして……脱衣所の鏡で自分の姿を見て、声が出た。

「すっげーな、これ……」

首から下、衣服で隠れそうな場所はほぼ全身にかけて。

俺の体は志乃という大型犬によって、あらゆる場所にマーキングされていた。

「志乃のやつ……やりすぎだろ……」

途中、セックスに夢中になってしまってどれくらい痕をつけられているのか意識が曖昧だったが……まさか、こんなにつけられているとは思わなかった。

大きく息を吐いた。

だけどまあ、許可したのは自分だしな。

いや、怒ってるとかじゃない。本気で怒っているなら、鏡に映る俺の顔はこんなに緩んだ表情なんてしていないだろう。

これからのモデルとしての需要と人気次第になってくるとは思うけれど、撮影スケジュールによっては今後、こんなにキスマークをつけられる機会なんてないかもしれないし、今日のところは大目に見てやるとしよう。

それにしても……自分の白い体に容赦なくつけられた痕を見て、なぜか喜んでいる俺がいた。

いや、なんでだよ……こんなにアホみたいに痕つけられてときめいているなんて、相当

なドMじゃねえか。

——なんて、心の中で自嘲してみたものの。結局は鏡に映った自分の顔が答えだった。

最初に首につけられた、一際《ひときわ》濃い痕をそっと指でなぞった。

それだけで志乃の感覚が呼び起こされた気がして、体が熱くなってくる。

季節は春。タートルネックやマフラーで首元を隠すには、少々季節外れだ。

コンシーラーとファンデで目一杯誤魔化すとしても、無理がある。

どうすんだよ……と思いながらも、やっぱり笑っている俺がいた。

志乃へのご褒美《ほうび》のつもりだったけれど……俺にとっても、そうだったのかもな。

第四話「もっと、痛くしてほしい」

夜、志乃の顔を見てから眠りたい。
仕事が多忙になればなるほど、俺の願望は増していく一方だった。
世間は師走《しわす》と呼ばれる月で、人も街も速すぎるスピードで日々を生きている。
摩耗していく生活の中で、大事なものを失ってしまいそうな不安だとか、寂しさだとか
……目には見えない怪物に心をやられそうになってしまう夜に、何度か襲われた。
だけど、家に帰ったときに、志乃の存在を感じられたら。
俺はただそれだけで、何もかもを頑張れると思うんだ。

『つ、次に会えるのは、いつかなあ……？』

耳に当てたスマホから聞こえてくる志乃の心細そうな声に、胸が痛くなる。

「……まだ、わかんねえ。スケジュールが確定次第また連絡するわ」

今仮で決まっている仕事が正式に決まれば、少なくともあと二週間は会えない。

だからと言って、キャンセルになることを前提にデートの日時を決めてしまうのは、志乃にも仕事にも無責任だからできない。

『そっか……わかった。私はレンに合わせるから、気にしなくてもいいからね？　少しでも会えるなら、いつでも大丈夫だから』

ここ最近、俺の仕事は目の回る忙しさというやつだ。

なるべく顔を見て話したいからと、わずかな時間でも予定をすり合わせて夕食だけでも一緒に食べるようにしていたけれど、俺の仕事が夕方からだったり、地方での撮影があったりして、それも難しい日々が続いていた。

土日祝日休みが確定している志乃に、申し訳なさを覚える。

どうしたって、俺の都合で振り回す形になってしまっているからだ。

「……いつも、ごめんな」

『ううん。レンがモデルとして頑張ってるの、うれしいよ』

その声色は明るく、元気なように聞こえるけれど。

どれだけ長年付き合っていても、溶け合うほどに愛し合った夜を何度過ごしてきたとしても、他人の心を百パーセント理解することはできないって、二十二年しか生きていない俺でも十分に理解している。

だからこそ、少しでも志乃の気持ちに寄り添えるように、せめて直接会って顔を見て話したいと思っているのに、それすら叶わないのがもどかしい。

……いや、格好つけてはいるけれど。

本当は俺がただ、志乃の顔が見たいだけ。志乃に会いたいだけだ。

「もう遅いし、そろそろ寝るか。次はビデオ通話にしような」

っていうか、なんで思いつかなかったんだ。今日も最初からビデオ通話にしておけばよかった。

頭が働いていないあたり、やっぱかなり疲れてるな。

『う、うん！　……あ、あのねレン。一個お願いがあるんだけど、いいかな……？』

「どうした？」

『え、えっとね。レンがよければでいいんだけど、その……』

志乃は何やら言いづらそうにしていたものの、俺が「なんだよ。言ってみ？」と促すと意を決したらしい。

『レンの自撮りの写真、送ってほしい。で……できれば、えっちなやつ……』

「……は？」

……前言撤回だ。ビデオ通話じゃなくてよかった。

いや、志乃の顔はもちろん見たいんだけど。おそらく真っ赤になっているであろう俺の動揺した顔を見られるのは、結構照れるからな……。

『だ……ダメ、ですか……？』

志乃のお願いを断る理由はない。

俺の写真を望む志乃は可愛《かわい》いし、あいつが喜ぶことはなんでもしてやりたいし。

「……わかったよ。じゃあ、この電話が終わったら送るから。待ってろ」

『あ、ありがとう！』

「その代わり、志乃の写真も送れよ」

『わ、わかった。レンに喜んでもらえるように、頑張るね……！』

「おう、期待してる。じゃあ……おやすみ、志乃」

『おやすみ、レン』

通話を切った後、大きく息を吐いて気持ちを落ち着かせようと努める。

もう日付も変わりそうな時間になっているというのに、興奮して目が冴《さ》えている俺がいた。

志乃《しの》は……普段は大人しくてオドオドしているくせに、ものすごく大胆なときがあるんだよな。

いや、語弊があるな……セックスに対しては基本、ド攻めだしなあ、あいつ……。

まあいいや。さて、エロいことが大好きなエッチな志乃ちゃんに、どんな写真を送ってやろうか。

ベッドの上に胡坐《あぐら》をかいて、腕を組んで考える。

志乃からこういう要求がくるのは、実は初めてではない。

今までにも何度か経験済みだし、っていうか……ビデオ通話しながらするみたいな、もっと過激なことだってやっている。

実際に触れてもらえないのは物足りなさを覚えるけれど、あれはあれでまあ……結構悪くはない。

……脱線したな。

何度経験してもその都度真剣に悩むのは、志乃に興奮してもらいたいっつーか、志乃に喜んでもらいたい一心に尽きる。

とりあえず、パジャマのボタンは外しておくか。

でも、インナー着てるから別にエロくはねえよな。中だけ脱いで、パジャマは羽織って……暖房、強くするか。

下は……どうだろ、脱いだほうがいいか？　パンツだけになると寒すぎるし、ルームソックスは穿《は》いたままでいいか。

じゃあ、撮るか。……もう少し胸は見せておくか。

カメラのシャッター音が部屋に響く。……うん。なかなかいいんじゃね？　よし、送るか。

どんな反応が返ってくるか、ドキドキしながらスマホの前で待つこと、数分。

志乃からの返信がきた。


『レン、すごい』

『えっちすぎて今日、眠れないよ』

『次はお家《うち》デートにしようね』


メッセージだから志乃のリアクションが直《じか》に見られなかったことは残念だけど、この連続の短文が志乃の興奮と余裕のなさを伝えているようで、俺は頬が緩んだ。

『抱く気満々かよ。いいけど』

『志乃の写真は？』

『どんなのがいい……？』

え？　まさかのリクエストあり⁉

『じゃあ、おっぱい見せて』

……欲望を文字にするとなんて端的で、なんてバカっぽいのだろうか。

まあ、いいか。俺が志乃のおっぱいを好きってことは、あいつも知ってるしな。

そして、数分後。送られてきた志乃の写真を見た俺は、スマホを持って悶《もだ》えたままベッドの上を転がり回ってしまった。

志乃は胸元を大きくはだけさせた、シンプルな写真を送ってきた。

いや待て、最高すぎる……！　見えそうで見えないギリギリの感じや恥ずかしがっている表情も含め、志乃の素材の良さを活《い》かし切った構図に俺は感動していた。

やばい。尊死してしまいそうだ。

夜中のテンションでひとり大騒ぎしてひとしきり堪能《たんのう》したあと、そろそろ寝ないとマズいと思ってベッドの中で目を瞑《つぶ》る。

……志乃の顔とさっきの写真が脳裏に浮かんで、離れない。

寂しさと欲求不満で、寝つける気がしねえんだけど？

志乃も俺の写真を見て、同じように悶々《もんもん》としてくれていたらいい。

そんな我儘《わがまま》を抱きながら、俺は長い夜を覚悟するのだった。

◆

十月に志乃の家でデートしたとき、あいつを〝その気〟にさせるために「俺は我慢しない」なんて口にしてみたけれど。

……まあ、セックスのときはともかく。

普段、社会人として生活している立場から考えると、やっぱり我慢しないといけない部分は多いわけで。

——それで俺は結局、何が言いたいのかというと。

「やだREN！　隈《くま》！　できてるじゃないの！」

俺の顔を掴《つか》んだ間島《まじま》さんが、大袈裟《おおげさ》に声をあげた。

「だってさー……しょうがなくね？　昨日撮影が終わったのは深夜で、今日は十時からって……そりゃ隈もできるし肌も荒れるって」

志乃と電話してから、一週間。

年末進行のうえ取引先の忘年会に顔を出さなければいけない機会が増えて、俺のプライベートな時間はほとんどなくなっていた。

世間はクリスマスシーズン真《ま》っ只中《ただなか》だというのに、夏物の服を着て鳥肌を立てながら笑顔を作ってばかりの俺は、今日が何月何日なのかわからなくなってくる。

仮で決まっていた仕事がそのまま本決まりになった結果、志乃と会える機会はしばらく失われてしまった。

それが俺の疲れを百倍くらいは増やしている気がする。

「もっと売れてる子たちの忙しさは、こんなもんじゃないわよ？」

間島さんの言葉は俺に発破をかけるためのものではなく、ただの事実だ。トップモデルたちのバイタリティーは、見習わなければならない。

「……わかってるよ」

「ほらほら、ヘアメイク中に志乃ちゃんパワー充電しておきなさい。あ、金田《かねだ》さん。RENの隈なんですけど〜、」

ヘアメイクの金田さんと話す間島さんの声を聞きながら、俺はスマホで志乃の写真を見た。

スマホの中で笑う志乃は、今日も可愛い。

こんなに可愛いのに……ああー……なんで……！

「こんな可愛い彼女に会えないなんて、拷問かよ！」

普段はモチベを上げてくれる志乃の写真だけど、今日の俺にとっては逆効果だった。

……この間の、夜。エッチな写真を送り合った日から、俺はもういろんなモノが爆発しそうなのだ。

いつ何が原因で着火してしまうのか、わからない自分が怖い。

大きな溜息《ためいき》を吐《つ》いていると、間島さんに肩を叩《たた》かれた。

「あら、今日は充電できないみたいねえ」

「説教はあんま聞きたくねえなー」

「別に説教なんかしないわよ。若者は大いに恋に振り回されなさい」

「それもちょっと、年寄り臭くね？」

間島さんに軽くチョップをされ、金田さんがクスクスと笑う。気心しれた仲ゆえのいつものじゃれ合いの一環だ。

「ただ、私が言いたいのは一つだけ。REN、わかってるわよね？」

「ああ。プライベートでどんな散々なことがあっても、カメラを向けられたらプロになれ……だろ？」

「わかってるじゃない」

俺の背後に立った間島さんに、肩を揉《も》まれた。

「RENはモデルとしては背が高いほうじゃないけれど、その存在感はトップレベルのものなのよ。自信をもって今日も仕事してきてね」

間島さんが俺を評するときに、よく使う言葉をかけられる。

「あいよ。ちゃんとやるって。安心して見ててくれよ」

言われなくとも、仕事とプライベートはちゃんと分けている。……正確には、分けるようになった。

たとえば、次の日のことを考えて早めに解散するとか。

次の撮影に響かないように、キスマークはつけないとか。

それらは社会人になって少しずつ学んで、身に付けてきた『マナー』だとか『当たり前』で、志乃と一緒に歳《とし》を取ってきた証左でもある。

……なんて、少しイキっちまったけど。

目の前の大きな鏡に映る俺は、コンシーラーとファンデでガッツリ隠されてしまうほどの隈を作ってしまったわけだし。まだ完璧にはなれないってことで。

「でも、来週の火曜日は待ちに待ったオフでしょう？　平日だけど、志乃ちゃんとは会えるの？」

間島さんの言葉に、思わずニヤリとしてしまう。

「ああ、夜だけだけどな。俺も志乃も楽しみにしてんだよね」

「会う時間を作ってくれるだけいい恋人じゃない。お互いを思いやれるカップルは、長続きするわよ」

「志乃にはいつも感謝してるって。不規則な俺に合わせてくれてるし……あれ？」

お互いを思いやるって、どういう基準で成立するんだ？

たとえば超主観的に、俺の天秤《てんびん》で志乃の俺への気持ちと俺の志乃への気持ちを量るのであれば、俺のほうが重めなのかもしれないけれど。

実際に、思いやりを行動に移している割合で考えると……俺の仕事のスケジュールに合わせてくれる志乃のほうが、大きい気がする。

「……なに、その顔。志乃《しの》ちゃんに甘えてばっかりだったかもって？」

「う、うるせー！　俺だって、バイクで志乃の勤務先まで迎えに行ったりしたし！」

「えぇー？　突然迎えに来られても、私だったら困るんだけど。それって、志乃ちゃんに頼まれてやったの？」

「……サプライズのつもりだった。喜んでくれると思って」

でもあれも、元はと言えば俺が一秒でも早く志乃に会いたかったから勝手にやった行動で……志乃は喜ぶっていうより、驚いていたかも……？

「やっぱり、独りよがりじゃない」

「……マジかよ……」

もしかしたら、迷惑だったかもしれないのか？

その可能性に思い至らなかったことに、落ち込んでしまう。

「そんな顔しないの。冗談よ、冗談」

「……鬼か。撮影前にモデルをいじめるマネージャーが、どこにいんだよ……」

「いじめてなんかないわよ。それに、ほら。プライベートを引きずらない特訓になったでしょ？　志乃ちゃんだったら何を言われてもきっと、チャイムが鳴ったらしっかり〝先生〟やると思うけど？」

……下手に志乃のことを話すんじゃなかったかもな。こうやって発破をかけられる材料を一つ与えてしまっているわけだし。

でも確かに、間島さんの言う通り、志乃は仕事とプライベートを分けているほうだと思うんだよな。

志乃は生徒から〝志乃ちゃん先生〟なんて呼ばれているし、かなり距離感が近いらしいから、よく「今日もからかわれた～」とか「威厳が足りないのかなあ」なんて零《こぼ》しているけれど。

根が真面目で考えすぎているだけで、ちゃんとわかりやすい授業をしたり、生徒に寄り添った対応をしているはずだ。若くて可愛《かわい》いだけの教師だったら、あそこまで人気は出ないだろうし。

志乃がかなり人気がある先生だってことは、学校に行って、生徒たちの反応を実際に見て実感した。

志乃に人気があるのは、悪いことじゃないはずなのに。

ホテルに宿泊したときから胸に発生した靄《もや》は未《いま》だに消えず、こうして定期的に濃くなって俺の生活に支障を与える。

そう……志乃だったら。

俺のことなんて考えずに、教えることに集中しているはずだ。

それは本来あるべき、社会人としての正しい姿だと思うのに……我儘で子どもな俺は、それが嫌だった。

志乃にはいつ、どんなときでも、俺のことだけ考えていてほしい。

……いや、重すぎるだろ、俺……。

志乃にメッセージを送ろうと思って、スマホを手にとった。

「REN、時間。行くわよ」

「え、もう？　……わかったよ」

メッセージを打つ途中だったスマホを置いて、立ち上がる。

タイミングが合わない、小さなストレス。

志乃とのすれ違いの伏線にならないといいなと、俺は自ら——フラグというものを立ててしまうのだった。

◆

指折り数えるという行為を、二十二歳にもなって本当に実践する日がくるとは思わなかった。

今日は志乃と、レストランの前で待ち合わせをしていた。志乃からは『あと十分くらいで着くね』とメッセージが届いている。

俺は、バイクで学校まで迎えには行かなかった。

情けないけど……間島さんに言われた「困るんだけど」って言葉が引っかかっている。

志乃にとって迷惑だったら嫌だしな……。

……いや、気にしすぎだろ、俺。

早く志乃、来ねえかな。こうやって待つ時間は嫌いじゃねえけど、今日はひとりでいると余計なことまで考えてしまいそうで結構しんどい。

そうして待つこと、きっちり十分。

「ご、ごめんね、レン！　待たせちゃったよね？」

仕事終わりの志乃が小走りで駆け寄ってきた。

……なんか、志乃の周りだけ光って見えるくらい可愛いんだが？

久々に会えた彼女を見て、ここ数日ずっとモヤモヤしている気持ちも、一旦何もかも忘れて頬が緩む。

「いや、全然待ってねーよ」

「でも、レンのほっぺた冷たくなってる」

手袋を脱いだ志乃の右手が、そっと俺の頬に触れる。

間近で見るその顔と仕草に思わずキスしたくなったけれど、ここだとめちゃくちゃ人目があるし我慢しねえと。

「大丈夫。早く中に入ろうぜ」

「うん！」

ドアを開けてふたりで一緒に足を踏み入れると、店内の温かい空気とお客さんたちのお喋《しゃべ》りの声が俺を幸せな気持ちにさせた。

「いらっしゃいませ。二名様でしょうか？」

「はい。予約している白雪《しらゆき》です」

「白雪様……はい、確認させていただきました。ご案内いたします」

小さいことなんだけど、「二名様」も「白雪」の名前で志乃が案内されることも、俺の気分を上げる理由になる。

今日がふたりきりのデートだって実感できるし、結婚して家族になったような気持ちになれるからだ。

店員さんに案内されたテーブルに着席した。

飲み物を頼んでから、向かい合った志乃と微笑《ほほえ》み合う。

「この店、久しぶりに来られてうれしいな」

「少し前になんかのテレビで取り上げられたらしくてさ、週末とかだと結構先まで予約埋まってる感じだったぞ」

ここは郊外の隠れ家的なレストランであるフレンチの店だが、日本の郷土料理をフランス料理に再構築してみたりと、かなり遊び心っつーかセンスのある人がシェフをしている。だから料理を見るだけでも楽しいし、それに何より、全部美味《うま》い。

俺と志乃はこの店をかなり気に入っていて、学生時代から度々訪れていた。

「前に来たのって、春くらいだったっけ？」

「そうだよ。えっとね、季節のポタージュが美味《おい》しかった」

「あー、山菜が入ってたやつか。よく覚えてんな」

「うん。レンとピクニックしたときに『この草も食べられるのかな？』って会話したことも、全部覚えてるよ」

微笑んだ志乃が可愛くて、ここが家だったら今すぐ押し倒していたところだ。

こんな風に、その当時のデートと店の料理が繋《つな》がることもある。俺と志乃との思い出を語るうえでは切っても切れない店なんだよな。

「く、食い意地張ってるなって、思った……？」

「思わねえよ。可愛いなとは思ったけど」

志乃が目に見えて赤くなった。何千回と伝えてきた単語に、まだこんな初心《うぶ》な反応を見せてくれるなんて最高に可愛い。

運ばれてきた飲み物を飲みながら、俺はもうすっかり上機嫌だった。

なんてことのない、とりとめのない雑談をしていると、誰かに声をかけられた。


「あれ？　志乃ちゃん先生？」


落ち着いていて、綺麗《きれい》な声だった。

志乃が、声のしたほうを見る。そしてその顔がパッと明るく輝いたのを見て……俺の中で焦燥感、あるいは嫉妬心が瞬時に駆け巡った。

頭で考えるより先に、俺も顔を上げて志乃をそんな顔にさせた女を確認する。

志乃に話しかけたのは——華奢《きゃしゃ》で、綺麗な人だった。

「くま先生！　ど、どうしてここに？」

——この人が、志乃がよく口にする〝くま先生〟か。

今まで志乃が語ってきたエピソードと、目の前の女の情報が結びつく。

美人で、オシャレで、優しくて……職場の先輩として、志乃がかなり慕っている先生だったよな、確か。

「どうしてって？　あはは、ごはん食べにきた以外の理由なんてないよ」

「す、すみません！　そ、そうですよね！」

俺は意図的に、じっと観察するようにふたりのやり取りを見ていた。

志乃の天然発言にツッコミながらも嫌味には聞こえない声音と表情。志乃も怖がったり恐縮したりしている様子はない。

「この店、前に志乃ちゃん先生が『いいお店ですよ』っておススメしてくれたでしょ？　いつか絶対来ようって思ってたから、今日は仕事も切り上げて早めの時間から楽しんでたんだ。志乃ちゃん先生は今から？」

「は、はい。仕事が終わらないと予想して、遅めの時間で予約してたんです。私もくま先生みたいにもっとスピーディーに仕事ができればいいんですけど……」

心臓を素手で撫《な》でられたような、すごく嫌な気持ちに襲われる。

学生時代から気に入っていたこの店……俺と志乃の思い出の場所に、土足で介入された気分になったから。

この人に悪気はない。もちろん、志乃《しの》にだって。

ただ俺が勝手に面白くないだけだ。

「仕事なんて嫌でもできるようになってくるから大丈夫だよ。それより、この店を紹介してくれた志乃ちゃん先生とまさか来店日が被《かぶ》るなんて、すごい偶然だね。……なんか、ごめんね？　業務以外の時間に職場の先輩の顔見るの、嫌でしょ？」

「い、いえ！　そんなコトないです！　くま先生に会えてうれしいです！」

胸の前でぶんぶんと手を振って否定する志乃を見て、その人はクスッと笑った。

「なんか、言わせちゃった感があるね、ごめん。でも、あたしは志乃ちゃん先生に会えてラッキーって思ってる」

「か、からかわないでください～……」

談笑しているふたりの声を聞いていると、胸の中……いや、もっと奥のほうから、黒っぽい感情が湧いて出てきて止まらない。

俺って、こんなに心が狭いやつだったっけ？

「あ、ごめんなさい。お連れの方がいるのに話し込んじゃって」

その人の視線が、俺に向けられた。

「こんばんは」

「こんばんはー」

柔らかい笑顔に対して、営業スマイルで挨拶を返した。

胸中では警戒心バリバリだとしても、志乃のためにも感じの悪い対応をするわけにはいかねえからな。

「あたしは早乙女《さおとめ》先生と同じ学校に勤めております、大熊《おおくま》と申します。早乙女先生とは歳《とし》が近くて……って、え⁉」

穏やかだったその笑顔がみるみるうちに驚愕《きょうがく》のものに変わり、大きな目が見開かれた。

「……待って⁉　もしかして、REN……？」

「はい、そうですけど」

おそるおそる尋ねられた質問に、さっと答えた。

俺を知っているとは思わなかった。どの雑誌で知ってくれたんだ？　それともSNS関係か？

「ええ⁉　本物⁉　あたし、インスタフォローしてます！　カジュアル系統の服はあんまり着ないほうなんですけど、RENの着こなしオシャレだなあって思ってて！　とても好きです！」

「志乃の先輩にそう言ってもらえるなんて光栄ですね。ありがとうございます」

自分でも驚くくらい薄っぺらい言葉が口を衝《つ》く。

勝手に敵視している本心を悟られないように、上辺だけの愛想《あいそ》よく振る舞うことに俺なりに必死なのかもしれない。

その人はすごく興奮した様子で志乃に尋ねた。

「え、すごーい……！　志乃ちゃん先生はＲＥＮと友達なの？」

志乃はどこか自慢げに胸を張って、

「はい。高校時代からずっと……」

一瞬、言葉を区切った。

頭の中で、口に出す単語を選んでいるように見えた。

「──ずっと、仲のいい友達なんです」

そう言って笑った志乃の顔を見た、その瞬間──俺は、自分でも制御できないくらいの強い苛立《いらだ》ちを覚えた。

相手は職場の先輩だ。

教師という志乃の立場や、モデルとしての俺の立場を考えての発言だと、頭では理解し

せなかった。

だけど、志乃が俺のことを「恋人」ではなく「友達」と紹介したことが、どうしても許せなかった。

それから俺にはわからない会話で盛り上がるふたりを横目に、俺の心はどんどん荒《すさ》んでいった。

「あたし友達待たせてるから、そろそろ行くね。もう帰ろうってときに志乃ちゃん先生を見つけて飛んできちゃったからさ」

「は、はい。また明日、学校で」

志乃が口にした挨拶に、自分でもおかしいくらいにささくれた。

この人は理由がなくても、明日も志乃に会えるのか。

「うん、また明日ね。食事、楽しんでね。あと……RENも、食事中のところお邪魔してしまってごめんなさい。RENのこと、これからも応援していきますね！」

最後に俺にも声をかけてくれるあたり、社会人としてしっかりした人なのだろう。

「ありがとうございます。志乃のこと、よろしくお願いしますね」

そう言って返事をする俺はなんだかマウントをとってしまったみたいで、大人な挨拶をしたその人と比べて余計に敗北感に包まれた。

ている。

「はい、任せてください。それでは、失礼します」

頭を下げて、ヒールを鳴らして。

華やかな雰囲気を纏《まと》ったまま、その人は去っていく。

お店を出て行く前にもう一度こっちを見て手を振るその人に、志乃はペコリと会釈《えしゃく》をしていた。

恋人の職場の先輩相手だ。本来なら、俺も志乃と同じように会釈をするべきだったんだろうけれど……どうしても、できなかった。

ガキっぽいと思う。……志乃の隣にいる存在として、相応《ふさわ》しくないほどに。

「お待たせいたしました。南瓜《かぼちゃ》のスープでございます」

落ち込む俺に、まるで店側から「元気出して」と言わんばかりにちょうどいいタイミングで、料理が運ばれてきた。

「わあ！　美味しそうだねえ、レン！」

「ああ。そうだな」

目を輝かせている志乃と一緒に「いただきます」をして、温かいスープを口に入れる。

美味い。冷えた体を温めてくれる作用は、十分にある。

だけど、俺の荒んだ心を完全に修復させるまでの効能はなかったみたいだ。

「……なんか、俺とは正反対のタイプの人だったな」

切り替えのできない俺の唇からは、僻《ひが》みが含まれた言葉が零《こぼ》れた。

女っぽくて、言葉遣いが綺麗で、佇《たたず》まいに品があって、先輩としてしっかりしていそうで。

……志乃の先輩としては、完璧じゃん？

「そうかなあ？　くま先生とレン、似てるところあるよ？」

同意を得られると思っていたけれど、志乃は小首を傾《かし》げてキョトンとしていた。

「は？　どのへんが？　俺には人間の女ってことくらいしか、共通点が思いつかねえんだけど」

「えっとね、私の考えているところをすぐに当てちゃうところとか」

いや……たぶんそれは、俺とあの人の共通点っつーか……。

「…………それって、志乃が考えていることが顔に出やすいだけじゃね？」

「……え!?　そ、そんなコトないもん！」

「ほら、今の顔とか。否定してみたけど『そんなに私って顔に出てるの!?』って焦《あせ》ってるんだろ？」

「ふえええええ!?　なんで!?」

笑いながら拍子抜けしてしまった。こんなの、普段から志乃を見ていれば俺やあの人以外にだってわかることだろ。

――普段から志乃を、見ていれば？

自分の考えに、ハッとした。

もし、俺の予想が的中しているとしたら……志乃はそのことに、気づいているのだろうか？

「……それか……あの人が志乃に気があって、よく見てるとか」

カマをかけるつもりで、緊張しながら聞いてみる。実はすでに告白されていたり、それに近いアプローチでもされてるんじゃ……？

「まさか、そんなわけないよお～」

志乃は笑って否定した。……顔に出るタイプだから嘘《うそ》は吐《つ》いていないと思うけど……そもそも、あの人からの好意に気づいていない可能性もあるよな？

志乃は、無防備で、無警戒だから。こんなにも心配する要素しかない。

「……そう思ってるのは、志乃だけかもしれないだろ」

不安に駆られた俺の声はどうしたって、棘《とげ》っぽくなる。

「レン……？」

俺のせいで、志乃の声色は戸惑ったものに変わってしまう。

せっかく久々に会えて、一緒に食事をしているんだ。最初から最後まで、楽しい時間を過ごしたいっていうのに。

「レンはどうして、怒ってるの……？」

「別に怒ってねえよ」

「ほ、ほんとに？　……で、でも……」

「……志乃のことをよく知ってるのは、俺だけでいいだろ」

なんでこんなにイライラするんだろう。

いや、理由なんて明白だ。……ガキっぽくて、ダサくて、みっともない嫉妬以外にない。

「くま先生は、職場の先輩だよ？　それだけだよ？」

「わかってるって……悪い。忘れてくれ。……次の料理って何がくるんだっけ？　この間来たときはさ、メインの肉が、……」

無理やり作った笑顔で一方的に捲《まく》し立てるように話して、いつもの俺たちのデートを取り戻そうと躍起になった。

志乃も俺がこの話を続けるのが嫌だと察してくれたのか、あの人の話題にはもう触れようとはしなかった。

食事も終えて、あとは帰るだけになった。

駅まで歩く俺の足取りは重い。……帰りたくない。帰したくないという気持ちに支配されて、全身が鉛のようになっている。

「美味《おい》しかったね。レン、明日の撮影って遠出するんだったよね？」

「ああ」

次に会える日がいつになるのかは、まだ決まっていない。

このモヤつく気持ちを抱えたまま解散してしまったら、取り返しのつかないことになるような気がする。

「風邪引かないように睡眠はしっかりね？　薄着になるのはしょうがないかもしれないけど、あったかいものとか飲んで体はあんまり冷やしちゃダメだよ？」

「へいへい。お母さんかよ」

志乃《しの》と会話をしていても、どうしても上の空になる。

何が社会人だ。何が人気モデルだ。

俺の頭の中はもう、恋人とのセックスしか考えられなくなっている。

「……あのさ、志乃」

俺は明日、早朝から仕事がある。

だから今日も、夕食を一緒に食べたら解散する予定だった。

絶対に遅刻できないし、撮影に支障が出るのはプロ失格だからだ。

それなのに。帰らないといけない理由なんて、いくらでも並べられるというのに。

「……レン？　どうしたの？」

俺は志乃の手を摑《つか》んでいた。

まるでお菓子を買ってもらえずに売り場を離れない駄々っ子のように、足を止めて。

「……今日、志乃の家に泊まってもいいか？」

「え？」

志乃の瞳に、戸惑いの色が宿る。

「で、でも……レン、明日の朝、すごく早いんでしょ？」

「六時前には家を出るから、志乃に迷惑かけるかもしれねえけど……もう少し、一緒にいたい。……迷惑か……？」

「め、迷惑なんかじゃない！　れ、レンが大丈夫なら、私はうれしいもん！」

そう言って志乃は、俺の手を両手で包み込んだ。

手の温かさや柔らかさ、志乃の優しさにときめくよりも強く、受け入れてもらえた安堵《あんど》と自分の欲望が先にきてしまったことに罪悪感すら覚える。

でも、今日はもう、無理だ。

早く、早く志乃に深く触れてほしい。

壊れるくらいに抱き締めてほしい。

志乃の家までの道程は永遠にも感じられるほど長く、もう俺は何も考えられなくなっていった。

◆

志乃の家に着いた。

「志乃……」

玄関の鍵を締めてすぐに、俺は志乃に抱きついてキスをした。

エレベーターでもする機会はあったというのに、止まらなくなることを懸念《けねん》して我慢したことを褒めてもらいたいくらいだ。

「れ、レン、待って……」

「待たない」

玄関ドアに志乃を押しつけて、大きな胸を触りながら太ももの間に足を差し込む。

「まっ、て、」

俺を制止しようとするのが嫌で、志乃の唇を懸命に塞ぐ。

早くその気になればいい。俺を抱きたくなればいい。

欲と願いを込めて愛を伝え続けていると、

「……レン」

志乃の手が俺の腰に回った。そして息もできないくらい、激しく口内を蹂躙《じゅうりん》された。

求めていた志乃の反応に、俺の全細胞が悦《よろこ》びを覚える。

「……ベッド、行こ」

靴すら脱いでいなかった俺たちは無言のまま靴を脱いで、無言のまま寝室に入る。

志乃の匂いしかしない寝室は、今の俺にとって媚薬《びやく》をばら撒《ま》かれたような部屋だった。

コートを脱ぎ捨てて、志乃の手を引いたままベッドの上に倒れ込む。仰向《あおむ》けになる俺に志乃が覆《おお》い被《かぶ》さる格好になった。

見上げる志乃の顔が俺と同じように欲情しているものに変わっていることに、口角が上がる。

「……ねえ、レン……」

その声で名前を呼ばれて、見つめられる。

それだけで、腹の奥が熱を帯びて切なくなってくる。

「今日は……どうしたの？」

一瞬、思考を現実に戻されて真顔になる。

——理由なら、ハッキリしている。だけどそれを伝えたところで、志乃には理解してもらえないことはわかっている。

志乃にはどうしようもできないことも、わかってる。

だったら……話す時間は不毛だし、無駄になる。

話している時間があるのなら、俺は一秒でも長く志乃と抱き合っていたい。

俺たちの時間は限られているのだから。

「私、何かレンの気に障《さわ》ることとか、」

まだごちゃごちゃ続けようとする志乃の唇を塞ぐ。

今はそんな言葉はいらない。求めているものは、何もかもを忘れて俺に欲情する志乃だけだ。

「別に。志乃に抱かれたいと思ってるだけ」

「……そんなこと言ったら……めちゃくちゃにしちゃうよ？」

「ああ。好きにしろよ」

志乃の細い指を軽く噛《か》んで、舐《な》める。ネイルをしていない、俺を抱くための指を。指先から指の間まで、わざと音を立てるように、誘うように。

「レン」

どうやら俺は、ついに志乃の理性の鍵を外すことに成功したらしい。

俺を攻め立てるときの瞳を見て、鳥肌が立った。

「……明日、立てなくなっても？」

「望むところだ」

数秒間、見つめ合った。

それはお互いの言葉に嘘はないか、無理していないかを問う時間だった。

「……忠告は、したからね」

弱々しい声とは対照的に、俺の唾液がついた指を舐めとった志乃は、その指を俺の口の中に入れた。

乱暴に封じられた口では、たとえ俺が抗議の声を上げたところで、正しい言葉で志乃の耳には届かないだろう。

だからきっと、志乃は俺が泣いてもやめてくれない。俺を抱き潰す。

でも、それこそが今の俺の望みだ。

ベッドの上でかなり強引な行為がはじまる。

服は脱がされたけれど、全部じゃなかった。暖房すらつけるのを忘れていたせいで、俺が風邪を引かないように配慮しているのか？　それとも――全部脱がす手間すら、惜しいと思ったのか。

俺としては今日は、後者だといいなと思う。

志乃と気持ちが一つになっていると、思えるから。

セーターを捲《めく》られて、ブラと腹が丸出しになる。

俺の許可を取ることもなくホックは外され、ブラも捲られる。志乃の吐息が先端にかかって、それだけで固くなる。

そのまま触れられたり口に含まれたりすると、どうしたって声が漏れる。

「レン……気持ちいい？」

わざわざ聞かなくたって……俺の反応を見たら一目瞭然だと思うけど。

志乃はいつも、激しさの中でも俺を気遣ってくれるセックスをする。

だけど、優しさよりも、気持ちよさよりも、今は――。

「……もっと、痛くしてほしい」

「え？　ど、どうして……？」

今日は志乃の「どうして？」に、何一つ上手《うま》く返せない。

年齢を重ねても、社会人になっても、できないことはたくさんあるのだと実感する。

「……そういう、気分なんだよ」

「で、でも……私、レンが痛い思いするの、嫌だよ……？」

「いいじゃん、俺がしてって言ってんだから。……キスマークの代わりの痕だと思って、な？」

体を起こして、志乃の耳元で囁《ささや》いてから耳朶《じだ》を舐めて……それから、軽く齧《かじ》った。

仕事に支障をきたすような痕はつけない。

それは社会人になってから俺たちの中で結ばれた、守るべきルールだ。

だけどそのルールに、こんなにも縛られる俺がいる。

キスマークというわかりやすい形でも、あるいは結婚という法的な形でも、俺は志乃のものであり志乃は俺のものであるという証明ができない。

だから志乃が俺に触れた証《あかし》を、俺の中に入ったという証を、痛みという感覚で俺の記憶に刻み込んでほしいと願う。

ふとした瞬間に思い出して体が疼《うず》いてしまうくらい、俺の一番深いところまで、壊れるくらい愛してほしい。

「……手加減、いる？」

志乃《しの》の手が、頬に添えられた。

「いるわけ、ねえだろ……！」

「……わかった。……レン、好きだよ」

動きを再開した志乃によって、俺は意識を飛ばされかけては痛みで引き戻される初めての経験をすることになった。

──「好き」という言葉さえ言ったら、何をしてもいいと思ってないか？

普段の俺だったら絶対そう言ったけれど、こういうセックスをしたいと望んだのは俺だから、何も言わない。

それに……気持ちよくなかったわけでは、ない。

俺の体に、新しい刺激がインプットされていく。

志乃なしでは生きられないように……俺の体が、生まれ変わっていく。

息も絶え絶えになっているときに、俺の肌に舌を這《は》わせる志乃を見た。

その瞬間……ものすごい快感が、体中を駆け巡った。

──なあ、大熊だか小熊だか名前は忘れちまったけど……あんたは知らねえだろ？

いや、仕事中の志乃のことは、よく知ってんだろうな。俺が知らない、志乃の顔もたくさん見てんだろ。

だけど、あんたはセックスのときの志乃の顔は知らないだろ？

こいつ、こんなにエロい顔するんだぜ？

俺という女と、欲に溺れる顔。たまんなくね？

あんたには絶対に、見せないけどな。


俺はまた目を瞑《つぶ》って、志乃との行為に耽《ふけ》った。

普段の志乃からは絶対に引き出せないような顔を見て、絶対に言わないような言葉も言わせた。

そうして、終わった後に俺の中に残ったものは──確かな体中の痛みと、歪《ゆが》んだ優越感と……僅かな寂しさだった。

◆

志乃の寝息が聞こえてくる。

さっきまで俺をめちゃくちゃに抱いていた彼女は、セックス中のときとは打って変わって穏やかな天使みたいな顔で、眠りについている。

文句なしに可愛《かわい》い。しっかし……とんでもないギャップだよなあ。

俺はあんなに激しいセックスをした後だというのに、間違いなく体は疲れているっていうのに、なんだか寝つけなかった。

時計を見る。当然のように、日付は越えている。

……睡眠時間的にも、体のコンディション的にも、絶対に明日に響くのは確定している。

溜息《ためいき》を吐《つ》いた。社会人になって少しずつ学んで、身に付けてきた『マナー』だとか『当たり前』を、全部帳消しにするような所業をしちまった。

後悔はないけれど、罪悪感はある。

明日間島《まじま》さんに叱られるんだろうなあとか、プロとしての立場より自分の我儘《わがまま》を優先した未熟さとか、まあ、原因はいろいろだ。

だけど、何より——俺は体の向きを変えて、まじまじと志乃の顔を見た。

志乃の愛を、全身で受け止めた。

最中は志乃の視線も、唇から出てくる言葉も、繊細に動く指先も、そのすべては俺のためにあった。

それがどれだけ、俺を幸せにしただろうか。

問題は……その幸福感が持続していないということだ。

いつもの俺だったら、幸福感に抱かれたまま眠ることができていただろう。

それなのに今日……どうして俺の心は、満たされていないんだ？

普段とは趣向の違うセックスだったとはいえ、志乃の愛が足りなかったとは思わない。

きっと、俺の心のどこかに小さな穴が空いてしまっているせいで、いくら志乃が愛を注いでくれたとしても満タンにならないのだ。

大好きな彼女の、可愛い寝顔。

この寝顔を見ることができるのも、俺の特権だ。

誰にも見せたくないし、この権利を誰にも譲る気はない。

ぎゅっと抱き締めると、志乃は俺の胸の中で寝ぼけながらもぞもぞと動いて、抱きついてきた。

ただ優しく、包み込むように抱き締めることでしか、今は愛を証明できない。
明日、めちゃくちゃ朝早いっていうのに。
俺は全く眠れないまま、泣きそうな夜を越えることだけを考える。

第五話 「今日はずっと、見ていたいから」

あの日、恋《れん》の様子はおかしかった。

恋が望むなら、恋の気持ちが少しでも楽になるならと思って、言われるがまま激しく抱いたけれど……その選択は本当に正しかったのだろうか。

もしかしたらあの夜……私と恋がすべきだったのはセックスではなくて、これからのふたりについての話し合いだったんじゃないかな。

時間が経《た》てば経つほど、恋に何かあったんじゃないかとか、私が変なこと言っちゃったのかなとか、過去を遡るように記憶を辿《たど》りながら不安が募っていく。

恋が何を考えているのか、聞きたかった。

今からでも話をして解決できる悩みや問題なのであれば、少しでも早く恋に会って、膝を突き合わせて話したいと思った。

だけど、それはなかなか叶《かな》わなかった。

ファッションモデルとしての恋の人気にさらに火が点《つ》いて、これまでとは比べものにならないくらい忙しくなったのだ。

恋はかっこよくて、可愛い。

人の目を引き寄せる魅力があるから、いつだって人気者だった。高校時代からずっと、皆に囲まれていた。

だから恋がモデルとして活動をはじめて、恋自身も本気になって、雑誌やＳＮＳで恋を知る人が爆発的に増えたなら、恋を好きになる人だって増える。

——そんなこと、最初からわかっていたはずだったのに。


『あけましておめでとう。今年もよろしくね』

一月一日。年が明けた瞬間に、私は恋にメッセージを送った。

今、私の隣に恋はいない。テレビから聞こえてくる新年を祝う声が、なんだか別世界のもののように聞こえてくる。

スマホを握り締めながら、寂しさに潰されそうになる夜にひとりで立ち向かう。

クリスマスも大晦日《おおみそか》も恋と一緒に過ごせなかったという現実が、元日から私を打ちのめしてくる。

別に、恋とケンカしているわけじゃない。

毎日メッセージのやり取りはしているし、短い時間だけど、たまにビデオ通話もしている。その中での私たちは穏やかな会話しかしていないし、恋もよく笑っている。

それなのに……どうしてこんなに、不安なんだろう。

会えない時間が、言いたいことを上手《うま》く言えないまま溜《た》め込んでいる期間が、私と恋の間に大きな溝を作ってしまう気がしてならなかった。

恋からのメッセージは、なかなか返って来なかった。

大晦日も仕事だった恋はそのまま仕事仲間たちと年を越す予定だと言っていたから、スマホを気にしてはいられないのだろう。

静かなスマホを眺めて、溜息が零《こぼ》れた。

初めて恋が家に泊まりに来たのは、高校一年生のときの大晦日だった。

あのときは日付が変わる直前までイチャイチャして、日付が変わったら一番に顔を見て「あけましておめでとう」が言えたのに……。

学生時代と比べたら、自由は増えたはずなのに。

社会人になったら……いろんなものに縛られている気がする。

鳴らないスマホを持って、寝室に向かう。

せめて今日は、恋の夢が見られますように。

◇

お正月も終わって、三学期がはじまった。

恋に負けず劣らず、私も目が回る忙しさだった。

「くま先生、コーヒー買ってきました。よかったらどうぞ」

「うわ、助かる〜ありがとう〜!」

私の三倍くらい仕事の早いくま先生でも、毎日遅くまで残業しているようだ。

来週、受験生は共通テストがある。

試験対策や生徒たちのメンタルケアに教師陣は追われて、特に三年生担当の先生たちの顔は土気色になっていた。

だけど私はどれだけ忙しくても、一月十二日——私にとって、世界で一番大切な日だけは、定時に帰って恋に会うつもりで働いていた。

その日のために前倒しで仕事を進めていたし、引け目を感じないように他の先生たちの業務も助けられる範囲で請け負った。

……だけど。

『お誕生日おめでとう』

『サンキュ。やっと志乃《しの》に追いついたぜ』

『直接顔を見てお祝いしたかったな』

『俺も志乃に会いたいよ。ごめんな』

恋からの返信にハッとして『私のほうこそ、ごめんね』と送る。

頑張っている恋を困らせたかったわけじゃないのに。

恋がモデルとして人気が出るのは、うれしいことなのに。

誕生日も会えないなんて……少しだけ泣いてしまったことは、もちろん恋には言えなかった。

翌週、恋は雑誌とモデル事務所のＹｏｕＴｕｂｅ動画撮影のために台湾に行った。

『めちゃくちゃ美味《うま》いもんがたくさんあるのに、皆全然食わねえ』

『モデルさんって意識高いんだね』

『俺も間島《まじま》さんの目があるからあんま食べられてない』

『そっか。じゃあその分、私と旅行したときにいっぱい食べてね』

『うん。志乃とも絶対来る。楽しみ』

いたって普通の恋人同士のメッセージのやり取りをしていながらも、私の寂しさは増す一方だった。

周りから見たら、お互いに仕事が順風満帆な社会人同士のカップルで、浮気《うわき》をしているわけでもないしそんなに不安になるようなことはないのかもしれない。

それなのに、どうして私はこんなに憂鬱なのだろう。

単純に仕事の量は増えているとはいっても、この疲労は……体も心も磨《す》り減っていくような辛《つら》さはきっと、忙しさだけが原因じゃない。

……恋に、会いたい。

やっぱり私は恋に触れないと、元気になれない。

恋は私の大切な人で、私の生活の一部で、私という人格を構成する一人だから。

どうしたって体が彼女を求めてしまうけれど、今の忙しい生活の中で……どうすれば私は、恋と一緒にいる時間を増やせるだろう?

……ううん。考えているフリだけで、私の中で答えはすでに出ていた。

朝目覚めたとき、寒さのせいで恋を求める気持ちが一層強くなっていると思い込もうとしていたけれど、それは理由の一つに過ぎなかった。

恋を渇望《かつぼう》する私の頭にはずっと、『同棲《どうせい》』という手段が巡っている。

だけど、恋に切り出すのはどうしても緊張する。勇気が必要だから。

仕事が順調な恋は、今の生活の基盤を変えたくないと思っているかもしれない。

「一緒に暮らしたい」なんて提案してくる私の存在を、重く感じるかもしれない。

だから……恋に、断られるかもしれない。

断られたら私はきっと……相当強いショックを受けて、しばらくは立ち直れないだろう。

実生活に支障が出てしまうレベルで落ち込むと思う。

そういう不安もあったけれど、考えはじめたらもう、止まらなかった。

恋と一緒にいたい気持ちのほうがずっとずっと、強かったから。

次に恋に会うときに、話を切り出してみよう。メッセージを送るとき、今までで一番緊張した。


『レン、次はいつ会える?　大事な話があるの』

◇

お互いのスケジュールをなんとかすり合わせて、次に会えるのは偶然にもバレンタインデーになった。

私は今、甘すぎない、恋《れん》好みのチョコレートを作るために準備をしている。

チョコレートを溶かしていると、部屋の中が甘い匂いで満たされていく。

匂いって、記憶と直結する。高校生のときに付き合い始めてから毎年ずっと、私は恋に手作りチョコを渡し続けてきた。

恋が受け取ってくれたときの顔も、一緒に食べたときの顔も、美味《おい》しいと言ってくれたときの声も、全部、全部覚えている。

初挑戦したこのチョコレートカヌレも、良い思い出として記憶に重ねていきたい。

……同棲の提案を断られて、嫌な記憶にはしたくない。

暗い気持ちになりかけた自分にハッとして、かぶりを振った。

気持ちを切り替えよう。明日は本当に久々に、恋に会えるのだから。

甘い匂いによって呼び起こされる恋との思い出を振り返りながら作ったカヌレは、きっと美味しくできたと思う。

……恋、喜んでくれるといいなあ。


二月十四日。私は恋の家の前で深呼吸をしていた。

何年も、何度も訪れてきた恋の実家。久々に恋に会える歓喜と同棲の話を切り出す緊張で、インターホンを押すのに少しだけ心の準備が必要だった。

「……よし」

カチッとボタンを押すと無機質な音がして、そして……。

「よ、久しぶり」

ドアが開いて、愛《いと》しい恋人が出迎えてくれた。

「……れ、レン……ひ、久しぶり……！」

「おう。外寒いな。早く中に入れよ」

そう言って微笑《ほほえ》む恋を見て、胸がぎゅううううっと締めつけられる。

待って。恋ってこんなに、かっこよかったっけ？　いや、かっこいいって知ってるけど……え？　こんなに⁉

私の緊張とか不安を吹き飛ばすレベルの眩《まぶ》しさに、ドキドキする。なんだか恋の顔が見られない！

「どした？　大丈夫か？」

「だ、大丈夫！　ご、ごめん」

「そうか？　あ、今日は誰もいないから気兼ねしなくていいからな」

「う、うん……」

日曜日だし、ご家族がいるかもと思っていたけれど、いないんだ……そっか……。

「ひょっとして、期待してんのか？」

「ふえ⁉」

顔を覗《のぞ》き込まれるようにからかわれて、瞬時に顔が熱くなった。

「はは、どうぞー」

私を引き入れた後で、玄関のドアが閉められる。

――恋がじっと、私を見ている。

……今日は、真面目な話をしようとしている。それが終わるまでは何もしない……と、思っていたけれど。

顔を近づけると、恋がふっと笑う。

軽く、存在を確かめるだけのキスをして、細い体を抱き締めた。

「……レン、ちょっと痩せた？」

「少しな。っていうか、最近の生活だと太るほうが無理だわ」

恋の手も私の背中に回された。

「志乃もだろ？　忙しそうにしてるもんな」

「うん……でも私は……レン不足だっただけ」

栄養を摂取するかのように恋を抱き締めて、恋の匂いをかぐ。

私の体細胞が喜びで色めき立っていく。

「じゃあ、今日は俺をたくさん摂取しすぎて太るんじゃねーか？」

「……太るまで、いいの？」

「志乃がいいなら、な」

ニヤリと笑う恋の、この顔に私はとことん弱い。

「い、今は、大丈夫。先に、話がしたいから」

「……まあ、いいけど。顔、赤いぞ」

無理に我慢していることを見抜かれて、また頬が赤くなる感覚を覚えながらも、必死に取り繕った。

そのまま、恋の部屋に案内された。私の部屋に比べると物が多くて、オシャレなインテリアもたくさん置いてあるのに散らかっている印象はない。

「前に来たときと、あんまり変わってないね」

「まあな。今年に入ってからは家には寝に帰ってるようなもんだし」

「そっか……」

きっと私が想像している以上に、恋の仕事は大変なのだろう。

そう思うと、今から私が言おうとしていることがものすごく自分勝手な気がして、気が引けてしまいそうになる。

「だから今日、志乃《しの》に会えるのがすげえ楽しみだった」

……恋はいつだって、私が不安で縮こまっているときに、背中に手を添えてくれる。

優しい微笑みを見て、覚悟が決まる。

私を幸せにしてくれるこの人と、ずっと一緒にいたい。

――恋と一緒に、生きていきたい。

たとえ受け入れてはもらえなくとも、自分勝手な我儘《わがまま》だとしても、この気持ちだけは伝えたい。

「うん……私も。あの、私ね……！」

恋にしっかりと向き合った。背筋を伸ばして、息を吸う。

「れ、レンに話したいことがあって」

「俺も、志乃に大事な話がある」

予想外の言葉に、私は小首を傾《かし》げた。

「え……レンも？」

「ああ。ずっと考えていたことがあって」

なんだろう。自分のことばかり考えていたから、全然頭が回らない。

「じゃ、じゃあ……どっちから言う？」

「んー……志乃から」

恋の綺麗《きれい》な双眸《そうぼう》が、私を見つめる。

恋の話は気になるけれど、元々は私から大事な話があるって言ったわけだし、まずはちゃんと私から伝えよう。

「わ、わかった。えっとね……わ、私ね、社会人として働き始めてそろそろ一年が経《た》つでしょ？　仕事は思っていたよりずっと大変なんだけど、とっても充実していて……これからも頑張ろうって思ってるの」

「志乃が頑張ってるのは、俺も知ってるよ」

「あ、ありがと。ただ……予想はしていたけどやっぱり、学生の頃と比べると……レンに会える時間が、減って」

「……そうだな」

事実を話しているだけなのに、振り返っただけで目頭が熱くなってきてしまう。

「こ、これが大人の世界では当たり前なんだって思って、頑張ろうって。メッセージのやり取りはしているし、たまにビデオ通話もするし、寂しいなんて思っちゃダメだって、思ったん、だけど……」

言葉に詰まる私の手を、恋がぎゅっと握ってくれる。

その温《ぬく》もりに、私の心はこんなにも救われる。

「私の生活の中にレンがいないのが、嫌なの。レンを感じられないのが、辛《つら》いの。私には、レンが……必要なの」

いつも私の側《そば》に恋がいてくれたなら。

恋の存在を感じられたなら。

そう願わずにはいられないほどに——私は、恋が好きなのだ。

「だから……」

「待て。俺からも言いたいことがある」

話を遮られた私は目を瞬《しばたた》かせた。

「どうしたの……?」

「……最近ほんと、めちゃくちゃ忙しくて。仕事があるってことは、ありがたいことに俺に需要があるってことだから、疲れたなんて言ってらんねえぞって、間島《まじま》さんとかにはよく言われるんだけど……」

恋は一度、小さく息を吐いた。

「俺、自分じゃ結構体力あると思ってるほうなんだけど、この頃はどうしても疲れちまうっていうか、元気になれなくて。やっぱ忙しすぎんのかなって考えたんだけど、違うんだよな。体を休めても、心の穴が埋まらないっつーか……」

心臓が跳ねて、胸の鼓動が速くなっていく。

……これは、あまりにも私に都合のいい妄想なのかもしれないけれど……もしかして……？

「……そ、それって……」

「俺は疲れた日も、うれしいことがあった日も、嫌なことがあった日も、志乃に話を聞いてほしい。電話じゃなくて、直接……こうやって目を見て、話したい」

恋の瞳の中に映る私は、どこか期待している顔をしていた。

――だって、恋が言いたいことを、察してしまったから。

どうしよう。涙が溢《あふ》れそう。

ほんとうに？　こんなに幸せなことが、あっていいの？

手を繋《つな》ぎ合ったまま、私たちの視線は交錯している。

気持ちはきっと、通じ合っている。

「レン、聞いて」

「志乃、あのさ」

私たちはほとんど同時に、口を開いた。

「朝起きたときに、レンの顔を見ることができたらすごくうれしい」

「夜眠る前に、志乃の顔を見ることができたらすげえうれしい」

私たちはお互いに顔を見合わせて、しばらく見つめ合った。

そして……また同じタイミングで、ふっと笑った。

「マジか。俺たち、同じことを考えていたんだな」

「ね。ビックリしちゃったけど……なんかこういうのって、いいね」

「ああ。……やべえ、ずっとニヤけちまう」

そう言って笑っている恋《れん》は、雑誌で見るクールな〝ＲＥＮ〟とは全然違う人みたいで、私だけが知っている顔に胸の奥がキュッとなる。

「……志乃」

少しだけ顔を赤くした恋が、その言葉を口にしてくれた。

「一緒に暮らそうな」

「うん！」

不安も緊張も全部溶けて、私の体から離散していく。

つま先の向きが一緒なら、これから先の未来も同じ道を歩いて行ける。

ふたりで悩んだり選んだりする機会も増えていくだろうけれど、それもまた私たちの生活の一つになっていく。

証明に拘《こだわ》ってきた私たちが残せる、目には見えないけれどかけがえのない軌跡になる。

バレンタインデーという普段よりも少し特別な日に、最高の思い出ができてよかったと思った。

……ん？　バレンタイン……？　……あ、渡すの忘れてた！

「じゃあ、まずは家探しだよな。志乃の職場とウチの事務所の中間くらいがいいのか？

俺はバイクがあるから駅から離れていてもいいけど、志乃は近いほうがいいだろうし……」

「ま、待って！　甘い物でも食べながらお話ししない？」

ラッピングしたチョコレートカヌレの入った紙袋を手渡すと、恋は一瞬キョトンとしていたけれど、すぐに笑顔で受け取ってくれた。

「やった。今年は貰《もら》えないかもって思ってたのに、手作りしてくれたのか？」

「う、うん。レンに食べてもらいたくて……」

「サンキュ。早速いただくわ」

ラッピングを外していく恋を見つめる。喜んでもらえるかなあ？

「お、今年はチョコレートカヌレか」

「うん。ど、どうかな？」

「カヌレまで作れるとかすげえな。そんじゃ、早速いただきまーす」

恋がカヌレを口に入れてから飲み込むまで、ドキドキしながら見てしまう。

「……超、美味《うま》い！」

「よ、よかったあ……！　初挑戦だったから、不安だったんだー」

ほっと胸を撫《な》で下ろしていると、恋に「あーんしてみ？」と言われて口を開けた。

口元に近づけられたカヌレを一口齧《かじ》ると、昨日味見したときよりも不思議と美味《おい》しく感じた。

「あ、結構美味しいかも……」

「だろ？　よし、最高の糖分を摂取しながらだから頭も働きそうだわ。どんな家がいいとか希望はあるか？　俺は……」

私たちはカヌレを食べながら、お互いに譲れない条件だとか妥協できる範囲の話を進めていった。大事な話だから意見がぶつかることもあったけれど、それすらも楽しいと思える時間だった。

「……ま、こんなところか。明日からお互い協力して探していこうぜ。いい家が見つかり次第、すぐに一緒に暮らそう」

「うん！　早く見つかるといいなあ……我慢、できないもん」

ワクワクが止まらない。今すぐにでも、恋と一緒に暮らしたい。

「仕事のことを考えると……現実的には、四月くらいになるんじゃねえか？　この時期って新生活はじめる学生たちが家を探しているだろうし、業者も繁忙期だろ。まあ、学生が探す家よりは広い家にするつもりだからそんなに焦《あせ》る必要もないだろうけど」

ポワポワと夢見がちな私とは対照的に、恋はすごく現実的な話をしていた。

……う、浮かれてるのって、私だけ？

「……レンは、すぐに暮らしたくないの？」

「なんでそんなしょんぼりした顔してんだよ。暮らしたいに決まってるだろ？　……俺が我慢が苦手だってことは、志乃もよく知ってるくせに」

そう言って恋が、ベッドの上に寝転んだ。

扇情的な表情に、思わず目が離せなくなってしまう。

「新しいベッドも買おうな。俺、同棲《どうせい》するなら寝室は絶対一緒がいいし」

「……うん。もう少し大きいやつ、一緒に選ぼうね」

吸い寄せられるように、私も恋の隣に寝転がった。

恋が体の向きを変えて、私たちは向き合う格好になる。

「狭いベッドも嫌いじゃねぇけどさ。毎日となるとな」

「私たち、ずっと一緒にいるんだもんね？」

「ああ。年取ったときに安くて狭いベッドだと、体が持たないだろうし」

「ふふっ……そうだね。あちこち痛くなるのは嫌だもんね」

恋が思い描く未来に、当たり前のように私がいることがうれしい。

一緒に生活している姿を想像してふふっと笑っている私を見て、恋はニヤリと口角を上げた。

「でもさ、毎日一緒にいるなら、セックスも特別なことじゃなくなるのかもな。レスになったりして？」

それは、聞き捨てならない言葉だった。

「そっ、そんなことないもん！　レンがいいなら、毎日するもん！」

即座に強く否定する私に、恋は驚いていた。……あれ？　必死すぎて引かれちゃった……？

「いや、毎日はムリだろ……」

「……あ。え、えっと、今のは言葉の綾《あや》っていうかー……」

この歳《とし》で思春期みたいな旺盛な性欲を咎《とが》められているような気になって、ちょっとだけ恥ずかしくなっていると、恋はケラケラと笑った。

「わかってるって。からかっただけ」

「も、もう！　からかわないでよお！」

楽しそうな恋の胸のあたりを叩《たた》く私の手が、恋の指によって搦《から》め捕られた。

「でも、今なら」

恋の顔が近づいてきて、思わず息を止める。

「……今なら？」

端整な顔立ちから目を逸《そ》らさずにいると、

「……目、閉じろよ」

息のかかる距離で、恋に囁《ささや》かれた。

「閉じないよ。……今日はずっと、レンのことを見ていたいから」

記念日になった今日の恋の姿を、声を、肌の感触を、一生忘れないためにもこの目に、耳に、指に、焼きつけておきたい。

そんな我儘《わがまま》を伝える私に、恋は——ゆっくりと、穏やかなキスをした。

その所作も顔の美しさも、永遠に覚えておきたいと思えるようなキスだった。

「……どうだった？」

恋の手が、私の髪を梳《す》く。

「王子様みたい、だった」

「……誓いのキスだからな」

「あと……甘かった」

「……カヌレ食べたばっかりだからな」

優しく、甘く、蕩《とろ》けるように唇を合わせながら、私たちはお互い没頭していく。

私は恋を求め、恋は私を求めている。恋の服を脱がしていくと、恋もまた気が急《せ》いているのか、自分から脱ぐのを手伝ってくれる。

その姿がすごくエッチだなんて桃色に染まっていく脳内で思いながら、

「ま、待って！　靴下は、ぬ……脱がないで！」

私の頭に天啓が降りた。前からやってみたかったことをこのタイミングで、思い出すことができたのだ。

興奮する私とは反対に、恋は怪訝《けげん》な顔をしていた。

「……なんで？」

「あ、あのね……前にレンが自撮りで送ってきてくれたえっちな写真、すごく、ドキドキした。……ものすごく、興奮したんだもん……」

私たちの間に、私だけが恥ずかしい沈黙が降りる。

恋は今、何を考えているんだろう……？

「……どうやら俺は、志乃《しの》ちゃん先生の性癖を一つ、開発しちまったみたいだな」

「う……うぅ……」

自分で言ったこととはいえ、改めて言葉にされると顔にとてつもない熱が帯びていく。頬を触ってみると、予想以上に熱かった。

「そうだよな、志乃がどんどん変態になっちまうのは、俺のせいだもんな？　だから……」

恋は自分で、靴下以外の服を脱いだ。

きめ細かな白くて綺麗な体に目を奪われていると、恋は少しだけ顔を赤らめて、シーツに包《くる》まって言った。

「……責任、とってやるよ」

——なんだかもう、込み上げてくる感情は絶対に言葉にできない。

だから一切のブレーキを壊して、私は恋《れん》に触れることだけを考える。

セックス一つとっても――一つの前戯に、一回のキスに、私たちが今まで一緒に過ごしてきた歴史の積み重ねがある。

……なんて、綺麗にまとめてみようとするのは無理があるよね。

私が、私の見たい恋と、したいことをしているだけだもん。

「れ、レン……」

私がするキスは、恋がしてくれたみたいな上品なキスにはならなかった。

恋のこれまでも、これからも、全部私のものにしたい。

それを恋にも理解してもらうための、刻みつけるようなキスだった。

ひとりでいるときには鳴らないような音が、部屋の中に響いている。

音だけで興奮しているなんて、恋に知られたらまた「ヘンタイ」なんてからかわれてしまいそう。

だけど不思議だった。興奮はしているのに、胸中はすごく穏やかだった。

「志乃……」

恋が私の名前を呼ぶ声色だけでも、体中が満たされていく感覚があった。

気持ちが通じ合った喜びって、こんなに大きいんだ。

たぶん、傲慢じゃない。今、恋と私の気持ちはピッタリと同じほうを向いている。

私が恋に触れたいと思っているように、恋も私に触られたいと思ってくれているはずだ。

そう思えた根拠も、ある。

「触るね」

「んっ……」

ブラのホックを外して胸を軽く触っただけなのに、恋の反応がすごく敏感だったから。

「かわいい」

耳元で囁きながら、指を恋の体の上で滑らせていく。

ただそれだけで大きく跳ねる恋のお腹《なか》に唇を這《は》わせて――一応、聞いてみた。

「か、確認なんだけど、キスマークは……ダメだよね？」

できれば痕をつけたいなと思ったけれど……。

「……ごめんな……今日は、難しいわ」

息を整えながら申し訳なさそうに謝る恋に、ものすごく罪悪感を覚えた。

「そ、そうだよね。私のほうこそごめんね。無茶言って」

恋の最近の忙しさを考えたら当然、難しいだろうと予想していたというのに。「ごめん」

なんて言葉を吐かせてしまった。

『RENの撮影期間が詰まっているときには、キスマークはつけない』

これは、社会人になってから私たちの間に生まれたルールの一つだ。

これから同棲を開始して一緒に暮らしていくなら、こういうルールもまたふたりで考えて増やしていかないといけないのだろう。

「ね、レン。一緒に生活するなら、ルールを考えないとだね」

「あ……？　い、今……？」

「うん。キスマークのときみたいに、私がまた恋に迷惑をかけることはしたくないもん」

私はすごく真っ当なことを言っているつもりだったのに、恋は少し戸惑っているようだった。

「……まあ、いいけど。……服、着たほうがいいか？」

……もしかしたら、エッチが途中で終わるかもって心配してるのかな？　可愛《かわい》いなあ、恋。大丈夫、私は全然まだまだ、終わる気なんてないよ。

「ううん、そのままでいて。……カーテンは何色がいい？」

恋に質問をしながらも、愛撫《あいぶ》する指は止めなかった。

「え？　……あっ！　ん、無地がいいか、な……あっ、ぶ、無難に白とか、アイボリーと……か？」

「家事は当番制がいいかなあ？　私が休みの日は料理も洗濯も全部やりたいけど、レンはどう思う？」

「ど、どうって……んんっ！　お、俺も家事、やるし……！　ちゃ、んっ、と、相談して決めよう……ぜ⁉」

恋の声に、色っぽい息が混ざる。

たどたどしい回答をされるたびに、私の胸は弾む。

一緒に住んだ後の話をするのも、恋が私の指で気持ちよくなっているのを見るのも、どっちも私をたまらなくさせるから。

だけど恋は不満なのか、潤んだ目で私を睨《にら》んだ。

「さ、さっきから、なんだよ……俺に集中、しろよ……！」

「してるよ？　でも、これからのことを話すのも大切なのかなって」

「Sなのか、天然なのか、んっ、わ、わかんねえんだけど……！」

なぜか抗議をしてくる恋が目をぎゅっと閉じて堪えている様子を見ていたら……一回ちゃんと頭が真っ白になるまで気持ちよくなってほしいと思った。

「ごめんねレン。今からレンを気持ちよくするためだけに集中するね」

「あ、ま、待って、志乃っ……！」

「大丈夫だよ。私はここにいるからね」

恋の声と締めつけ具合に集中しながら、可愛い彼女を導いていく。

背中に回されている恋の手に、一際《ひときわ》強い力が込められて。

そして——恋の体から力が抜けた。

ほんの少し前までキラキラした王子様だったのに、私の手でこんなに可愛い女の子になってしまうなんて。

溢《あふ》れてくる気持ちを余すところなく伝えたくて、肩で息をしている恋の紅潮した頬にキスをしてから、目を見て告げる。

「大好きだよ、レン」

「……ん」

「やっぱり、セックスレスになるなんてありえないよ。少なくとも私は、したくないって思うことなんて絶対にないもん」

嫌になるとか飽きる日がくることは、一生ないと思う。

神様に誓ってもいいくらい。……でも、こんなことを誓われたら、神様も困っちゃうかなあ？

恋は小さく息を吐いて、私の首に手を回してきた。

「……志乃がいいなら、いいけど」

「いいの⁉　じゃあ、もう一回……」

「待て待て、そういう意味じゃねえ。……今は少し、休みたい、かな」

「今度は最初から最後まで、レンに集中するから……ダメ?」

心を込めてお願いしてみると、恋は何やら考えているように見えた。

「……どうしても、ダメ?」

「だあーっもう！　そんな目で見んな！　わかったから！　後でな！」

今すぐは難しくても、後からだったらOKという言質《げんち》を取れて私はまた顔に出ていたのだろう。恋から「すげえうれしそうだな?」と苦笑されてしまった。

◇

ほとんど裸だった恋がどんどん服を着ていく様子をじっと見ていると、

「……そんなに見んなよ。着づらいだろうが」

「だって……もったいないなあって……」

「さすがにずっと裸でいるのもな。ありがたみがなくなんだろ」

冗談のつもりで言ったのだろうけれど、私は首を傾《かし》げる。

そうかな？　恋の体なら、いつまでも見ていられるけど……。

でも、今日はもう一つ手渡すものがあったから、ちょうどいいタイミングだったかも。

服を着た恋に、カヌレとは別に用意していた紙袋を差し出した。

「あの、これ……遅れちゃったけれど、誕生日プレゼント、です」

普段は察しのいい恋だけど、今のは結構予想外だったのかもしれない。

大きな目をパチクリとさせて、戸惑った様子で紙袋を受け取った。

「……え？　俺に？」

「もちろんだよ」

「……開けていいか？」

「う、うん。気に入ってもらえるかは、わからないけれど……」

常に流行の最先端に触れている恋からしてみたら、もしかしたらダサいって思うのかもしれない。

だけど私が、恋のことだけを考えて、恋に似合うと思って、恋に身に着けてほしくて選んだプレゼントだから……できれば、気に入ってもらいたいな。

紙袋の中身を取り出す恋の様子を静かに見守る。

そして……四角い小さな箱を見た恋の目が、見開かれた。

「これって……」

「あ、開けてみて？」

恋はすでにプレゼントの内容を察しているようだった。

ゆっくりと、慎重に小さな箱を開けた恋は……目に見えたものを確認するように、丁寧に言葉にした。

「……指輪だ」

「うん。……いつも一緒にいられますようにって、願いを込めて」

女性用にしてはしっかりした幅を持つ、立体感のあるシンプルなゴールドリング。

有名ブランドのもので値段は結構したけれど、社会人としてここは精一杯奮発した。

恋がいつも身に着けてくれるなら、決して高くはないと思ったから。

「ど、どうかな……？」

緊張しながら恋の様子を窺《うかが》うと、じっと指輪を見ていた恋の視線が私に向けられて——

私の大好きな笑顔を見せてくれた。

「……サンキュ！　すっげーうれしい！　ずっと着けておくわ！」

「よ、よかったあ……！」

私がほっと胸を撫《な》で下ろしたのも、束《つか》の間《ま》だった。

恋《れん》は本当に心から喜んでくれているように見えるのに、指輪を愛《いと》おしそうに見つめるだけで、なかなか指にはめてくれなかったから。

……不安になってきた私は、おそるおそる聞いてみた。

「れ、レン……あの……正直に言ってね？　……本当は、気に入らなかった……？」

「へ？　……ああ、違う違う！　悪い、不安にさせちまったな。なんかさ……こんなことってあるんだなーって、しみじみしてたっていうか」

恋の言葉の意味がよくわからなくて、首を捻《ひね》った。

「いや、さすがに俺も、運命とか信じちゃったっていうか。前に志乃《しの》に『ロマンティックなところがある』って言われたのも、腑《ふ》に落ちたっていうか」

なんだかご機嫌な恋に対して、私は頭の上にクエスチョンマークを浮かべるだけだ。

「ご、ごめんねレン。どういうこと……？」

ストレートに聞いた私に「ちょっと待ってな」と白い歯を見せて、恋はクローゼットの中から小さな紙袋を取り出した。

そのショッパーは——たった今、私が恋にプレゼントしたものと同じブランドのものだった。

「……え？　……ええええ⁉」

驚いて慌てふためく私を見て楽しそうに笑った恋は、隣に座り直して私の膝の上にそれを置いた。

「先を越されちまったけど、俺からもプレゼント。開けてみ」

「……うん」

たぶん、中身の予想はできているけれど、ドキドキして少し手が震えてしまう。

小さくて硬い箱をパカッと開いてみると、私が恋にプレゼントした指輪と同じブランドの、違うデザインの指輪が入っていた。

「志乃は細身のデザインのものが似合うだろうなって、前に言っただろ？　俺のセンスになるけど、俺が志乃に似合わない指輪を選ぶわけねえから安心して着けてくれよ」

恋が私のために選んでくれたのは、ダイヤモンドがちりばめられた細いピンクゴールドの、私にはもったいないくらいの綺麗《きれい》な指輪だった。

「……レン～……！　ありがとう、大事にするね……！」

お礼を伝えながら、ぽろぽろと涙が零《こぼ》れてきた。

こんな奇跡が起きて、涙が、想《おも》いが、溢れないわけがなかった。

「おいおい、泣くなよ」

「だって……でも、悲しい涙じゃないもん。うれしくて、幸せで、胸がいっぱいになる温かい涙だからいいの……！」

「そうだな。……志乃。こっち、向いて」

顔を上げて恋のほうを見ると、恋は袖口で濡《ぬ》れている私の目尻を拭った。

そしてそのまま、左手を私の前に差し出した。

「指輪……俺に、着けてくれよ」

「……うん」

恋の手をそっと取った私は、彼女に似合うと思って選んだ指輪を——何度も繋《つな》いで絡《から》めてきた、馴染《なじ》みのあるその指にはめた。

もちろん、選んだ指は薬指だ。

煌《きら》びやかに輝くリングは私と恋の心を躍らせて、私たちは顔を見合わせて微笑《ほほえ》んだ。

「なあ、志乃」

「なあに？」

「俺はこの先もずっと、志乃のものだから」

こういうことをサラリと言えてしまうのが、恋のズルいところだ。

私はもう、真っ赤になって、ひたすら恋にときめいて破裂しそうになる心臓を宥《なだ》めることで精一杯になってしまう。

「志乃も、ほら」

「う、うん」

恋に促されてまだ鼓動が落ち着かないまま左手を差し出すと、しなやかな恋の手によって、私の薬指にもピンクゴールドのリングがはめられた。

箱を開けたときも感動したけれど、それが愛する人の手によって自分の指に装着されたときの気持ちは、もう……言葉にならなかった。

一つだけ確かなのは、私は一生、この日を忘れないだろうということだけだ。

たとえ少しのすれ違いが生じたとしても、同棲《どうせい》を考えるタイミングも、指輪も、大事なところで同じ価値観を持っている私たちなら、この先の未来も大丈夫だという大きな自信になった。

もし不安になったら、薬指の指輪を確認すればいい。

もし悩むことがあったら、隣にいる大切な人に話してみればいい。

これから先の私たちには、それができる。

そういう約束を、誓いを——たった今、交わし合ったのだから。

「……ね、レン。聞いてもいい？」

「なんだ？」

「今も、不安？」

私が漠然と抱えてきた、襲い掛かってくるようなモヤモヤした気持ち。

きっと恋も、私と同じような不安を抱えていたのだと思う。

だから、聞いてみた。今の私の中に溢《あふ》れるこの気持ちもまた、恋と同じだとしたら……

問わずにはいられなかったから。

恋は笑って、私の左手の薬指をその手でなぞった。

「世界一幸せだけど？」

「私も」

どちらからともなく顔を寄せた私たちは、ゆっくりと唇を触れさせた。

お互いの体温を、存在を、未来を、確認するかのように。

恋の顔を見つめる。いつ見ても整っている端整な顔も大好きだけど……私の手で気持ちよくなっている乱れた顔も、愛している。

恋の服に手を滑り込ませようとすると、

「……ヤんの？」

恋から一旦、お預けを食らった。

「さっき、後からならいいって、言ってたよね……？」

「せっかく服、着たんだけど」

「……じゃあ、脱がせてあげる。あと、終わったら着せてあげる」

「そんなに俺を抱きたいか……この、ヘンタイ」

そう言いながらも、恋はクスクスと笑っている。

「……ヘンタイでいいもん……えっちなのは、事実だし」

「はは、よくわかってんじゃん。まあ、でも……」

首に手を回されて引き寄せられた私は、耳元で恋に囁《ささや》かれた。

「えっちなのは、俺も同じ。だから……何度でもしっかり、愛してくれよ」

私への殺し文句を吐かれて舌を入れられたらもう、私の脳内は恋への想いと自分の欲望でいっぱいになってあらゆる理性が弾《はじ》け飛んでしまう。

「レン」

皆の人気者でかっこいい、私の恋人の名前。

「レン」

私の腕の中で喘《あえ》ぐ、可愛《かわい》い恋人の名前。

何度も、何度も。覚えている単語が少ない幼子のように。

愛《いと》しい人の名前と、愛の言葉だけを、私は幾度となく繰り返した。

「あっ、し、志乃っ……！」

意識しているのか、それとも無意識なのか。

最中、恋は私の左手に触りたがった。――正確には、指輪をはめている薬指に。

だから私は、なるべく恋と手を絡ませながら彼女を抱くように動いた。

そして私もまた、恋の左手の薬指で光る指輪を見て、触れるたびに昂《たかぶ》った。

「好きだよ」

「好き」

「すき」

「好きだ」

「愛してる」

声が嗄《か》れそうになるまで、想いをたくさん伝え合った。

私と恋のこれからを祝福するための指輪に、願いを込めて。

――この先もどうか、恋と一緒にいられますように。

同棲をはじめたら、恋のいる毎日が、恋の顔を見られる日々が、現実になる。

楽しいことばかりじゃないだろうけれど、ケンカすることもあるだろうけれど、私と恋のふたりならきっと大丈夫だと思う。

根拠？　……うーん……ハッキリと言えることは、ないけれど。

私は恋が大好きで、大事で、大切で。

恋も私に対して同じように想ってくれているなら、離れる要素はないんじゃないのかな……って。

いつも自信がない私がなんとなくでも大丈夫だって思えるってことは、結構、信ぴょう性があると思うんだ。

だから、いいよね？　今日は目一杯、浮かれても。

エピローグ

三ヵ月後、五月。

ゴールデンウィークも終わり、世間では五月病だとか夏休みまであと何日だろうとか、ブルーな話題ばかりが目立つ季節に突入した。

私も恋《れん》も冬季に比べれば少し落ち着いたとはいえ、相変わらずお互いに忙しい日々を過ごしている。

だけど、以前みたいにすれ違ったり、不安になったりする夜はない。

その理由は——。


『今日は絶対カレーがいい』

『撮影現場の近くにカレー屋があって、匂いにやられた』

数時間前、『今日の夜ごはんは何がいい？』と恋に送ったメッセージに対しての返信は、とてもシンプルだった。

カレーって一度「食べたい」って思ったら、もうカレーのことしか考えられないくらいの魔力があるもんね。


『わかった。ビーフかポークだったらどっちがいい？』


返信をして、私は今夜のメニューに思考を巡らせる。

お肉の種類と、辛さはどうしよう……サラダは必須だし、あともう一品欲しいな。

夕食のリクエストを聞いたのは、恋が家に来るからではない。今日は私が、夕食当番の日だからだ。

私と恋は今、一緒に暮らしている。

朝とお昼は難しいけれど、夜はできるだけ一緒に食べようというのが私たちが設けているルールだった。

さて、あと一品は何にしよう……そう思いながら左手の薬指に視線を落とすと、三ヵ月前にはなかった輝きがある。

恋から貰《もら》った指輪を見るだけでいつだって私は元気になれるし、幸せになれる。

私ってすごく簡単な女だなって思うけれど、こんな自分は結構好きかも……なんて、いつも側《そば》にいてくれる恋と、恋がくれた指輪が、私に肯定感まで与えてくれたのだった。

それにしても……クールな顔でシャッターを切られて皆を魅了するモデルのRENの頭の中が、カレーのことでいっぱいなんだって想像したらなんだかおかしくって、思わず笑みが零《こぼ》れた。

「あー、志乃《しの》ちゃん先生今、RENのこと考えてるでしょ？」

ハッとして隣を見ると、くま先生がニヤニヤしながら私を見ていた。

……いけない。ここは職員室だった。

「ご、ごめんなさい……き、気をつけます」

「待って待って！　別に咎《とが》めてないから！　むしろ、何年も付き合っている恋人のことを考えてそんな可愛い顔しちゃうなんて尊いって思ったくらいだし！」

肩を落とす私に、くま先生は慌てたように声をかけてくれた。

相変わらず優しくて、気配りができて、仕事ができて、綺麗《きれい》で……教師としても女性としても、憧れてしまう。

いつもお世話になっているくま先生には私と恋の本当の関係を知っておいてもらいたい

と思って、同棲《どうせい》を開始する前に、私たちが高校生のときから交際している恋人同士であることを話した。

一通り話し終えた後のくま先生の第一声は、「そうなんだ」でも「ビックリした」でも「どうして？」でもなく、

「尊い……！」

……という、私が普段使うことのない、あまり馴染《なじ》みのない単語だった。

それからくま先生は私が恋の話をするときによく「尊い」と口にされるけれど、どういう意味なのか私は正直よくわかっていない。

「くま先生って最近、その言葉が口癖になっていませんか？」

笑いながら指摘してみると、くま先生の目は爛々《らんらん》とした。

「可愛い後輩と推しが長く付き合っている恋人同士だなんて、こんなにハッピーなことってそうそうないんだよ？　こんな奇跡みたいなカップル、あたしにとっては心の栄養でしかないの！」

自分に関わることを力説されると、なんだかくすぐったいような気持ちになる。

……優しくて、気配りができて、仕事ができて、綺麗で、そして……好きなものをすごく熱心に応援する人。

社会人生活二年目で知った、くま先生の新たな一面。

これからももっと、くま先生のことを知っていきたいなと思う。

「な、なんだかちょっぴり、照れちゃいますね」

「えーなんで？　あたしは志乃ちゃん先生とＲＥＮのことを、できれば世界中に広めたいくらいなのに」

「そ、それは困ります……！」

「あはは、冗談だよ。でも、これからも応援したい気持ちはホントだからね！」

「あ、ありがとうございます……！」

……くま先生と親しい人なら、こういう意外な一面も知っているのかなあ？　たとえば、親友とか……恋人とか。

ふと、今まで聞けずにいた質問が口を衝《つ》いて出た。

「ところで、くま先生は今、恋人っていらっしゃるんですか？」

「え？」

くま先生は私をじっと見つめた。……そ、そんなにマズいことを聞いてしまった感じなのでしょうか……？

「……今さら？」

冷や汗を掻《か》く私の予想とは反して、くま先生が気になるところはタイミングの問題らしかった。

「え、その……」

「そうかそうか……志乃ちゃん先生はそんなにあたしに興味がないのかあ……」

「ち、違いますよ！　先輩に恋人の有無を聞くなんて、失礼かと思って！」

「ああ、ショックだなあ～……あたしはこんなに志乃ちゃん先生を想《おも》っているのに、眼中にもなかっただなんて……」

大袈裟《おおげさ》に目元を押さえるくま先生を見て、冷や汗が止まらなくなってきた。

そ、そんなつもりじゃなかったのに、変に誤解されてしまいそうでどんどん焦《あせ》ってきてしまう。

「あああああの、本当に、違うんです。わ、私は……！」

「……なーんてね。ビックリした？」

くま先生はさらりとそう言って、呆然《ぼうぜん》とする私に白い歯を見せた。

……って、ことは……？　くま先生は私に対して怒っているわけでも、私がくま先生を傷つけたわけでも、ないということ……？

「よ、よかったです……お、驚かせないでくださいよお～！」

「ごめんごめん、可愛《かわい》くて、つい。……ねえ、志乃ちゃん先生」

くま先生はいつもの上品で穏やかな笑みを湛《たた》えて、私を見据えた。

「RENと、いつまでもお幸せにね」

「は、はい！」

今まで以上に仕事を頑張ろうと思った。

今年度も私がクラス担任を任されることはなかったけれど、この学校の慣例から考えるとおそらく来年度は担任を持つことになる。

それまでに、くま先生からいろいろ学ばないと！

「なあに？　今日も志乃ちゃん先生から熱い視線を感じるなー」

「すっ、すみません！　見すぎました！」

正直に言って頭を下げると、くま先生はケラケラと笑った。

◇

「ただいまー」

そう言ってはみたものの、誰もいない家の中から声が返ってくることはない。

だけど……リビングルームの電気を点《つ》けると、その光景は一人暮らしをしていた三ヵ月前と比べて大分変化があったと思う。

ソファーの背もたれにかけられた恋の洗濯物、ダイニングテーブルの上に置かれた、恋が撮影のときにもらってきたというお菓子。トレーニングのために恋が買ってきたダンベル。


この家のいたるところに、恋を感じられる。

それはどれだけ、私の心を穏やかにさせているだろう。

恋もきっと、私と同じような安心感を覚えてくれていると思う。

前に見せた、不安定さというか……恋が何を考えているのかわからなくなることが、なくなったから。

お互いどれだけ忙しくても、毎日顔を合わせて話して、同じベッドで一緒に眠ることのできる生活は、私たちの寂しさや不安を綺麗に取り除いてくれたのだ。

今日は私のほうが先に帰る日だから、『早く帰る人が夕食当番』というルールに従って、私は今からカレーを作る。

よし。恋《れん》のために、美味《おい》しいカレーを作ろう。

自分ひとりのためじゃなく恋と一緒に食べることを考えると、今までより断然やる気になってくる。

……とはいえ、疲れすぎて何もしたくない日は、お弁当とか惣菜《そうざい》で済ませることもあるんだけどね。

臨機応変っていうか、ルールに縛られすぎても上手《うま》くいかないっていうのも、同棲をはじめて少しずつ知っていったことだ。

私たちは同じ時間を重ねていく。

たまには失敗とかしちゃったりしながらも、ずっと一緒に生きていく。

変わっていくものもあるけれど、変わらないものもある。

それがわかっている私たちは、きっとこれからも肩を並べて歩いていける。

「……よし、あとは煮込むだけ」

蓋をしたお鍋から目を離して、スマホを見る。

三十分くらい前に恋から『今から帰る』というメッセージが届いていたし、そろそろ帰ってくると思うんだけど……。

そう思っていたタイミングで、玄関のドアがガチャリと開く音がした。

「ただいまー」

大好きな恋の声が聞こえる。弱火にしたカレーはそのままに、私は急いで玄関に恋を出迎えに行った。

「おかえり、レン」

「ただいま。すげえ良い匂いがする！　俺もう腹ペコでさー」

靴を脱いだ恋が、私に軽いキスをした。

……これは、別にルールじゃない。お互いがしたいときにする、愛情表現だ。

だけど、こういう小さなスキンシップでスイッチが入るくらいには、私はまだ白雪恋《しらゆき》に夢中なのだ。

「……レンって明日、お仕事お昼過ぎからだよね？」

明日は土曜日。つまり――私は休日なわけで。

私の質問の意図を察した恋はニヤリと笑って、私の左手をとって薬指で輝いている指輪に口付けた。

「そう言うと思って、早く帰ってきたつもりなんだけど？」

何気ない日常のやり取りにも、恋人同士としての振る舞いにも、確かな幸せを感じる私たちの生活は、これから先も続いていく。

——なんて、未来に想いを馳《は》せるのは、また今度にしておこう。

とりあえず、今は。

恋と一緒に、お腹《なか》いっぱいカレーを食べよう。

今日はちょっと、いつもより……長い夜になりそうだから。

あとがき

千種《ちぐさ》みのり先生の大人気百合《ゆり》漫画『志乃《しの》と恋《れん》』のノベライズを担当させていただきました、日日綴郎《ひびつづろう》と申します。

「社会人になった志乃ちゃんと恋ちゃんを書く」ということで、大人ならではのシチュエーションや心情描写を楽しんでもらえるように尽力させていただきました。

原作の『志乃と恋』は、ふたりの可愛《かわい》さが詰め込まれた宝石箱のような物語です。たくさんの原作ファンの皆さまに愛されている志乃ちゃんと恋ちゃんを小説として書く場合、皆さまが彼女たちに対して求めているものは何か、文字媒体に期待しているものは何か、大人になったからこそしてもらいたいと思っていることは何か……いろいろと思考を巡らせて完成したのが、本作となっております。

志乃ちゃんと恋ちゃんはお互いに抱いている気持ちは高校時代と何一つ変わっていないというのに、社会人になって立場や環境が変わっていきます。そんなふたりの少し大人な恋愛を見守っていただけましたら、幸甚《こうじん》です。

ここからは謝辞を述べさせていただきます。

千種みのり先生。先生にとって大切な志乃ちゃんと恋ちゃんの未来の姿を書かせてくださいまして、本当にありがとうございました。ふたりとも魅力的なので最初から最後まで執筆が楽しく、自分でも驚くくらい筆が乗りました。

また一緒にお仕事をさせていただける機会がございましたら、よろしくお願いいたします。

百合と小説に対する情熱と愛情をお持ちの担当編集さま。執筆にあたりまして的確なご指摘と助言をくださいましたこと、心より感謝申し上げます。

この本をお手に取ってくださった読者の皆さま。いつもありがとうございます。大切なあなたの毎日がどうか、幸せでありますようにと願っております。

最後に、宣伝をさせていただきます。

このノベライズをお手に取ってくださった皆さまはご存じだとは思うのですが、千種みのり先生原作『志乃と恋』は現在、第二巻まで大好評発売中です。

明日二月二十一日にお待ちかねの第三巻が発売されますので、こちらもぜひよろしくお願いいたします!

日日綴郎

富士見ファンタジア文庫

志《し》乃《の》と恋《れん》

Future《フューチャー》

令和７年２月20日　初版発行

著者——日《ひ》日《び》綴郎《つづろう》

原作——千《ち》種《ぐさ》みのり

発行者——山下直久

発　行——株式会社KADOKAWA
〒102-8177
東京都千代田区富士見2-13-3
0570-002-301（ナビダイヤル）
印刷所——株式会社暁印刷

製本所——本間製本株式会社

ISBN978-4-04-075818-3 C0193　◇◇◇

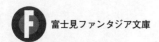

ファンタジア文庫
週に一度
クラスメイトを
買う話
～ふたりの時間、言い訳の五千円～
羽田宇佐 はねだ・うさ
USA HANEDA
イラスト／U35 うみこ

可愛い×2のハートフ
可愛がってね！
アライブ+でコミカライズ！

切り拓け！キミだけの王道
ファンタジア大賞
原稿募集中！
賞金
《大賞》300万円
《金賞》50万円
《銀賞》30万円
選考委員
細音啓「キミと僕の最後の戦場、あるいは世界が始まる聖戦」
橘公司「デート・ア・ライブ」
羊太郎「ロクでなし魔術講師と禁忌教典《アカシックレコード》」
ファンタジア文庫編集長
前期締切 8月末日
後期締切 2月末日
公式サイトはこちら！ https://www.fantasiataisho.com/
イラスト／つなこ、猫鍋蒼、三嶋くろね